프랑스 책방의 비밀 연애

프랑스 책방의 비밀 연애

김지혜 지음

상상앤미디어

| 작가의 말 |

처음 이 글을 쓰기 시작한 건 전 세계에 전염병이 확산하면서부터였다. 많은 사람들이 자기만의 방에서 고립되어야 했으며, 나 또한 그랬다. 여행 다니는 것을 좋아하여 아름다운 도시들을 많이 다녀봤지만, 특히 프랑스가 가장 아름다웠다. 살아도 보고 싶다는 생각을 많이 했지만 기회가 없었기에 파리를 배경으로 소설을 쓰기로 했다. 전 세계에서 유행하고 있는 전염병 탓에 여행하기가 더욱 어려워진 시점이라 그런지 글을 쓰는 동안 더 빠져들어 내가 마치 파리를 여행 하고 온 듯한 꿈을 꾼 것 같았다. 실제로도 다시 이곳을 여행하는 날이 하루빨리 오기를 바란다.

'Ruha Coffee-루하 커피'

나와 함께 공부를 하던 언니가 있었다. 언제나 인자하고 따뜻한 마음과 미소, 목소리를 가진 분이었다. 가끔 커피를 사러 가거나 공부를 하기 위해 들르면, 입구 앞쪽에 책이 예쁘게 전시되어 있었다. 책을 사랑하고 커피를 사랑하는 공간이었다. 계산대 옆 벽면에는 일하시는 분이 바리스타 경연대회에서 수상했다는 기사도 스크랩 되어 있었다. 대형 카페는 아니었지만, 작은 공간에서 손님들을 위해 내려지는 커피는 여느 대기업 브랜드의 커피보다 더 깊고 풍부한 커피 향이 풍겼고, 아직 이 커피보다 더 맛있는 곳을 찾지 못했다. 그리고 카페의 친절하신 직원분께서는 항상 테이크아웃 커피 컵에 한 줄 글과 함께 스마일을 그려 주셨다.

카페 이름을 빌려주신 정아영 사장님, 감사합니다.

이 책에서는 나의 몇몇 지인들의 이름을 볼 수 있다.

은영, 예진, 정혜, 세희, 은선, 윤아, 경호.

심지어 삼촌의 이름도 적어봤다.

책을 쓰면서 응원받았던 감사한 마음을 이렇게 전하고 싶었다.

언젠가 "남자가 돈 잘 벌면 여자는 일 안 해도 되지!"라는 말을 들은 적이 있다. 나에겐 너무 충격적이었는데, 나는 그 말이 이런 말로 들렸기 때문이다. 남자가 돈이 많으면 여자에게는 꿈이 없고, 남자가 돈이 없어야 여자의 꿈이 생긴다는 건데 이 말이 사실이라면 너무 가혹하지 않은가. 그때 그 말을 한 사람은 타임머신을 타고 옛날 옛적으로 돌아간 것이 분명하다.

꿈을 이루기 전일지라도, 꿈을 이루기 위해 꾸준히 무언가를 하고 있다는 것 자체가 이미 많은 걸 이룬 거라고 생각한다. 우진이 작품 속에서 이야기한 것처럼 꼭 누가 알아줘야 자신이 빛나는 건 아니다. 자신이 충분히 노력하고 성장하고 있는 중이라면 이미 당신은 빛나는 사람일 거다. 표현하고 있진 않아도 누군가 주변에서 그걸 알아주고 있을 거라고 생각한다.

꿈을 잃어버리고, 여행도 잃어버리고, 사랑도 잃어버린 당신에게 이 소설을 드립니다.

이 책이 독자분들에게 잠시의 휴식이 되길 바라며.

부디 건강하세요.

비극과 행운이 공존하고 있는 2020년 끝자락

단풍잎이 떨어지는 가을에,

김 지 혜

목차

01

늦게 찾아온 우울증

그날따라 유난히 바람은 서늘하게 불었다. 그만큼 가을이 우리에게 더욱 가까이 다가오는 듯했다. 바람에 스쳐 흔들리는 나뭇잎 위로 햇살이 따사롭게 내리쬐며 반짝이는 모습이 참 아름다웠다. 파리에서 나에게 바람이 휘몰아치기 전, 한국에서는 나의 지극히 평범했던 하루가 시작되었다.

여섯 개의 동으로 이루어진 길게 뻗은 아파트 건물들이 보인다. 그중에 복층으로 이루어진 층고가 높은 세 개의 동이 있고, 입구에서 제일 가까운 곳에 있는 1301동 맨 위층에 불이 켜져 있다. 1층 주방에는 한 여자가 바쁘게 아침식사를 준비하는 듯 보인다. 얼굴에는 표정이 없고, 어딘가 슬퍼 보이기도 하고 아픔이 묻어나는 듯한 손길이다. 금방이라도 울 것 같은 눈이었다가 질끈 감아 버리기를 여러 번 반복했다. 2층 왼쪽 방에는 딸이 아직 잠이 들어있고, 그 옆방에는 남편이 씻고 나와 셔츠를 걸치고 단추를 잠그고 있다. 이 집에서 유일하게 좋은 일이 있는 것 같아 보인다. 휘파람을 불기도 하고 핸드폰을 검색하며 피식 웃기도 했다. 옷을 다 입고 핸드폰 검색하기도 끝났는지 가방을 집어 들고 방문을 열었다.

세아는 한숨을 푹 쉬더니 아무 표정 없이 탁탁 소리를 내며 파를 썰어내고 조용히 냄비에 넣었다. 냄비를 행주로 잡아 식탁으로 옮기려고 하는데 크게 발소리를 내며 2층에서 세아의 남편, 지석이 내려오고 있었다. 지석의 발소리에 놀란 세아는 행주를 놓쳐버렸고, 냄비를 맨손으로 잡아 손을 데었다.

"아, 뜨거워."

지석은 세아가 손이 덴 걸 봤지만 별로 대수롭지 않게 생각하며 못 본 척하고 핸드폰만 쳐다봤다.

"이따가 아버지 생신인 거 알지? 여섯 시까지 유라 데리고 한남동으로 와.”

“네, 그런데 저는 이따 잠깐 엄마한테 들렀다가….”

“그럼 출근할게. 난 이따 인터뷰가 있어서 조금 늦을 거야.”

지석은 세아의 말을 끝까지 듣지 않은 채 나가버렸다.

세아는 늘 있던 일이었지만 요즘 많이 지쳐있던 탓인지 힘이 빠져 축 늘어진 몸을 이끌고 유라를 깨우러 2층으로 올라갔다. 자고있는 유라를 가만히 쳐다보던 그녀의 눈에서 눈물 한 방울이 뚝 떨어져 유라의 왼쪽 볼에 닿았다. 다 늦게 찾아온 산후우울증일까. 아니면 권태스럽게 반복되는 일상의 우울감일까. 아니면 내 자신이 이상해진 걸까 생각했다. 요즘 잠에도 잘 들지 못해 피곤함까지 가득 쌓여 그녀의 얼굴에는 그늘이 짙게 베어 있었다.

유라를 학교에 데려다주고 집으로 향하는 길에 세아는 잠시 고민하더니 차를 돌려 한강으로 왔다. 따사로운 햇살에 비춰 출렁이는 물결은 눈이 부시게 아름다웠고, 시원하게 불어오는 바람도 좋았지만 답답한 그녀의 마음을 더 이상은 위로해줄 수 없었다. 그저 멍하니 찰랑이며 빛나는 물결만 바라보더니 그녀의 눈에 눈물이 맺히기 시작했다. 세아는 자신의 하얀 뺨을 타고 흐르는 눈물을 닦았다. 한숨을 푹 쉬고 뒤로 돌아나가려고 하는데 지나가던 자전거와 부딪힐 뻔했다. 자전거에 타고 있던 여자는 너무 놀란 나머지 온몸이 뜨거워졌지만 세아는 오히려 무덤덤했다.

"괜찮으세요?"

"아, 네. 저는 괜찮아요. 괜찮으세요?"

자전거에서 내려온 여자는 다칠 뻔했지만 너무나도 아무렇지 않은 세아를 이상하게 쳐다보았다.

저녁이 되어 세아는 유라를 데리고 시댁에 도착했다. 지석은 회사에서 많이 늦는지 아니면 누구를 만나고 있는지 세아에게 연락이 없었다. 세아와 유라가 집에 들어오는 소리가 들리자, 방 안에 있던 지석의 동생 소희가 나와 그들에게 고개만 살짝 끄덕여 인사했다. 소희는 집에 있을 때면 얼굴이 늘 어두웠다. 세아는 아버지에게 인사를 한 뒤, 소희에게도 인사를 건넸다.

"아가씨, 먼저 왔네요. 잘 지냈어요?"

"네. 저는 뭐…."

소희는 말끝을 흐렸다. 두 사람은 처음부터 사이가 이렇게 어색하진 않았다. 세아는 지석의 사무실에서 일하고 있었고, 자주는 아니지만 소희가 가끔 그곳에 들를 때 면 같이 점심을 먹기도 했다. 소희는 성격이 차가운 것도 같지만 볼수록 다정한 면도 없지 않아 있었다. 그렇게 지내다 세아가 소희에게 어떤 질문 하나를 한 뒤로 소희는 세아에게 입을 닫아버렸다.

세아와 지석의 결혼식 얘기가 오고 가던 어느 날, 두 가족이 함께 식사하는 자리였다. 한참 식사를 하며 몇 마디 오고 간 후에, 세아는 소희에게 돌아가신 예비 시어머니에 대해 조심스럽게 말을 꺼냈다. 그날이 마침 어머니의 기일 다음날이기도 했고, 세아도 아버지가 어렸을 때 돌아가셨으니 어디까지나 자연스러운 대화일 거라고 생각했다.

"어머니 많이 보고 싶으시죠? 저도 아버지가 가끔 그리워요. 저는 워낙 어렸을 때라 기억은 잘 안 나지만…."

소희는 눈썹을 찡그리더니 세아의 말을 자르며 차갑게 말했다.

"그 얘기는 제가 하고 싶지 않아요."

집에서는 소희가 어떨 땐 좀 퉁명스럽기도 했지만 세아는 이것이 그녀의 본성은 아닌 것 같았다. 집 안에서는 늘 어두워 보여도, 밖에서는 그렇지 않다는 걸 세아는 알고 있기 때문이다. 우연히 들른 카페에서 친구들과 같이 있는 소희를 세아가 본 적이 있다. 소희는 집에서와 달리 밝은 모습으로 친구들과 대화하고 있었다. 소희는 유독 어머니와 관련된 말만 꺼내면 얼굴이 붉어지고 대화를 피했다. 세아가 어머니에 대해 알고 있는 건 지석에게서 들은 내용뿐이었다.

02

모든 것의 시작

지석이 고등학교 2학년, 소희가 중학교 2학년 때였다. 지석이 학교 끝나고 집에 가니 어머니가 쓰러지셔서 구급차에 실려갔고, 근처에 살던 고모는 지석을 바로 그녀의 집으로 데려가 그곳에서 몇 달 지내게 했다는 내용이었다. 그런데 소희는 어머니가 구급차에 실려가는 동안 끝내 돌아가셨다는 소식을 듣고 몇 달을 자신의 집에도, 고모네 집에도 오지 않고 절친, 제이의 집에서 지냈다는 거였다. 지석은 소희가 충격을 많이 받았던 것 같다고 했다. 세아는 중학교 2학년이었던 소희가 사춘기에 접어들면서 많이 힘들었겠다 싶어 그때부터 더 이상 어머니에 대해 묻지 않았다.

지석은 세아에게 시댁에 가 있으라고 했던 시간보다 한 시간이 지나고 나서야 도착했다. 세아는 그에게 인터뷰는 어땠냐고 물으며 다가갔지만, 지석은 세아를 쳐다보지도 않고 아버지와 방으로 들어가 버렸다. 조금 더 있으니, 지석의 고모네 식구들이 도착했다. 다 같이 식사를 하는데 아무도 세아에게 말을 걸지 않았다. 고모와 고모부는 그들의 사업 이야기, 지석과 아버지는 같이 운영하고 있는 인테리어 회사 이야기만 했다. 소희는 조용히 식탁 위에 놓여있는 밥과 반찬 몇 가지만 깨작거리며 먹더니 금세 방으로 들어가 버렸다. 세아는 이 자리에 있는 누구에게라도 말을 건네봤자 자신에게 대꾸하지 않을 것을 오래전부터 알고 있기에 입을 다물고 유라의 반찬만 챙겨주며 식탁 끝에 앉아있었다.

지석과 그의 아버지가 운영하는 회사는 지금은 많이 알려진 회사이지만, 처음부터 그랬던 것은 아니었다. 고모부의 회사에서 일하고 있던 지석의 아버지는 한 여직원이 그에게 성희롱을 당했다는 구설이 회사 전체에 돌아 결국 회사에서 쫓

겨나다시피 나오게 됐다. 그 이후 대학을 갓 졸업한 지석을 데리고 동네에서 작은 인테리어 가게를 시작했다. 하지만 손님이 별로 없어 문을 닫을 지경이 되자, 고모부가 지석을 돕기 위해 자신의 회사 마케팅 직원들 중 제일 조용했던 세아를 따로 불러 지석의 가게 홍보를 부탁했다. 세아는 지석에게 일 년에 몇 번은 형편이 어려운 노부부 집들을 방문해서 무료로 인테리어와 집수리를 도와주며 소셜미디어와 블로그에 포스팅을 하는 게 어떻겠냐고 조언했고, 그 효과는 통했다. 지석은 인플루언서로 얼굴이 알려지면서 봉사도 많이 하고 성실하게만 살아가는 사람으로 유명해졌다. 그 이후, 지석은 결혼도 이렇게 자신에게 도움이 될 만한 여자와 해야겠다고 생각했다. 마침 세아의 어머니가 아파서 병간호가 필요한 사실을 지석이 알게 되어 회사일로 바빴던 세아를 대신해 어머니에게 점수를 따며 결국 두 사람은 결실을 맺게 됐다. 하지만 결혼 이후, 그들의 행복은 세아가 예상했던 것과 달리 그리 오래가지 못했다.

세아, 지석, 유라는 식사를 마치고 시댁에서 나왔다. 세아가 옅게 한숨을 쉬며 차에 타자, 그 모습을 보고 지석은 미간을 찌푸렸다.

"당신은 얼굴이 그게 뭐야? 식사 시간 내내 다 죽어 가는 사람처럼. 그렇게 하고 있으면 마음이 편해? 좋은 날 좀 웃으면서 있으면 안 돼? 내가 다 눈치 보이더라. 살갑게 좀 해봐. 아버지도 어머니 안 계시니 얼마나 쓸쓸 하실 거야…."

세아는 그런 지석의 말투에 이미 익숙해졌지만, 그날따라 그의 말투가 그녀의 마음을 더 뾰족하고 날카롭게 찔렀다. 그녀는 조용히 차창을 열고 아무 말 없이 밖에 보이는 한강만 쳐다봤다. 밖에서 불어오는 바람만은 참 시원했다.

"아빠! 엄마 오늘 몸이 안 좋대요. 우리 그냥 조용히 집으로 가요. 네?"

지석은 세아를 보고 얼굴을 한번 찡그리더니 고개를 돌려 앞만 보고 운전했다.

씻고 나온 지석에게 세아가 조심스러운 목소리로 물었다.

"저…. 요즘 좀 이상해서요. 병원이라도 가볼까 하는데…."

"어디가 아픈 거면 가보면 되지 뭘 나한테 물어?"

"우울증 같기도 하고…."

"뭐? 설마 당신 정신병원 간다는 건 아니지? 혹시라도 소문나서 와이프가 정신병원 왔다 갔다 한다는 글 올라오면….
어 후, 안돼 안돼. 유라 낳고는 회사 나와서 일 도와주는 것도 아니고 왜 그래? 아무튼 병원은 안돼."

"그냥 상담이라도 받으면 되지 않을까요? 요즘 상담받는 거 흔해요."

"다신 그 소리 하지 마. 나 피곤하니 먼저 잘게."

"그럼 다음 주부터라도 회사 나가서 일 도울게요. 유라 이제 학교도 들어갔고…."

"뭐? 됐어. 뭐 하러 나와."

"당신이랑 같이 출근하는게 싫은 거면 다른데 알아볼게요. 제 경력이면 작은 회사라도 들어갈 수 있을 거예요."

"왜 그래? 내가 돈을 못 버는 것도 아니고. 돈이 얼마나 더 있어야 하는 건데?"

"꼭 돈 때문에만 꿈을 갖나요? 유라 유치원 친구 엄마는 그래픽 디자이너였는데 이번에 아들 학교 들어가고 다시 취업했대요. 집에서 애랑만 있다가 하고 싶던 일 다시 하니 너무 좋다고 해요. 저도 전공한 거 살려서 하고 싶은 일 하면서 살고 싶어서 그래요."

"이제 와서 꿈은 무슨…."

그는 그녀의 말에 비웃듯이 웃음을 흘려버렸다.

“엄마들이랑 모여서 유라 학원이나 과외 같은 것도 좀 알아보고 해야지. 요즘은 엄마들끼리 그런 거 알아서 잘한다고 하던데. 아빠들이 신경 쓸 필요도 없대! 맘카페니 이런 데에서 정보 교환도 하고 그런다던데. 당신은 안 바빠? 좀 돌아다녀. 집에만 있지 말고.”

“요즘은 아빠들도 잘한대요. 그리고 요즘에 집에만 있는 엄마들 많지 않아요. 엄마들도 아빠들처럼 다 똑같이 꿈도 있고, 하고 싶은 일 하면서 살고 있어요. 당신도 같이 학교 다녔던 여자 친구들 다 하고 싶은 일 있었고. 꿈도 있지 않았어요? 저도 그랬어요.”

세아는 평소대로라면 지석에게 이렇게까지 말하지 않았다. 요즘 자신이 생각해도 많이 달라졌다고 느꼈다. 지석은 늘 자신이 뭐라고 말하면 알겠다고 수긍하던 세아가 이렇게 말이 많아지고, 게다가 자신이 생각해도 맞는 말을 하는 것 같아 흠칫 놀랐다. 뭐라고 대꾸라도 하고 방에서 나가버리고 싶었는데 딱히 반발할 수 있는 대답을 찾지 못했다. 지석의 표정이 일그러지며 대꾸할 만한 것을 찾고 있는데, 세아가 먼저 방에서 나가버렸다. 세아는 불이 꺼진 소파에 앉아 한참을 멍하니 있다 소파에서 잠이 들었다.

다음날, 지석은 사무실에서 입꼬리를 올리기도 하고 휘파람을 불기도 하면서 포털사이트에 떠 있는 자신의 기사를 읽고 있었다.

'이달의 사회적 기업 -따뜻한 인테리어 하우스 by 지석- 따뜻한 사장님의 인사말'

그때 지석에게 이메일 하나가 도착했다. 지석은 메일을 읽고 오른쪽 발을 까닥까닥 움직이며 무언가를 곰곰이 생각하더니 옆에 있는 아버지에게 말했다.

"아버지, 주방 수납장 업체에서 협찬이 들어왔어요."

"잘됐네. 이번에 가는 데에 설치해 주면 되겠다."

"그것보다, 저희 이번 분기에 하는 무료 봉사를 다른 이벤트로 대체하는 건 어때요?"

"무슨 이벤트?"

"블로그에 사연 이벤트 같은 거 올려서 한 분 뽑아 그 집에 설치해 주는 걸로 하는 게 어떨까 해요. 변화도 좀 필요한 시기인 것 같아서요."

"형편 어려우신 노인분들한테 봉사하면서 우리가 알려진

건데 갑자기 일반 사람을? 어휴, 사람들한테 욕먹어! 안돼! 그게 얼마나 무서운 건데."

"아니요. 그중에 사연 있는 분을 해주면 되잖아요. 어디 가나 도움이 필요한 사람은 있을 테니. 뭐 형편이 어렵거나 이런 분들이요."

"그렇긴 하지…. 그럼 네가 알아서 한번 해봐. 너 또 예쁜 아가씨들만 해주려고 하지 말고. 너 진짜 큰일 난다. 이 세상에 비밀은 없어!"

"어휴…. 걱정하질 마세요! 제가 누구 아들이에요?"

"넌 나 닮으면 안 된다!"

"네? 그게 무슨 말씀이에요?"

아버지는 목소리를 가다듬더니 문을 열고 나가버렸다. 지석은 기분이 좋아졌는지 휘파람을 불고 오른발을 또 까닥까닥 움직이면서 이벤트와 관련해 문서를 작성했다. 그러곤 방에서 나와 직원에게 다가가 종이를 테이블에 올려놓고 말했다.

"이거 내가 기획한 건데 한번 추진해봐. 그리고 열 분 정도 여자로만 정리해서…. (직원의 눈치를 보더니) 아니 여자 다섯, 남자 다섯으로 정리해서 나한테 보내줘."

"네? 이런 건 사연별로 정리하는 게 맞지 않을까요?"

"아, 아니…. 성별을 공평하게 하자는 거지! 아무튼 그렇게 해!"

"알겠습니다."

지석은 주머니에서 진동이 울려 쳐다봤지만 세아인 것을 확인하더니 전화를 받지 않고 그대로 주머니에 다시 넣었다. 사무실 문 앞에 서서 통화하던 아버지가 그에게 오더니 조용히 말했다.

"그날. 이벤트 하는 날, 소희도 오라고 해."

"소희를요? 왜요? 걔 별로 좋아하지도 않을 텐데."

"혜언이가 온대."

"네? 혜언 이모도 오신다고요? 오셔서 뭐 하신대요? 그리고 정말 궁금해서 그러는데 이모는 왜 유독 소희를 그렇게 예뻐하신대요?"

"아무튼 불러. 요 며칠 소희가 보고 싶다고 그랬거든."

아버지는 다시 밖으로 나가버렸다. 혜언 이모라고 불리는 이 분은 실제 피가 섞인 이모는 아니다. 지석이 어릴 때부터 친하게 지냈던 소희 친구의 어머니이다. 지석의 어머니가 돌아가시고부터 지석과 소희가 가엾다며 잘 챙겨주셨다. 그런데 지석보다는 유독 소희를 더 챙겨 주셨고, 소희도 자신을 잘 챙겨주는 그녀를 잘 따랐다. 절친의 어머니이기도 했으니 잘 지낼 이유는 그걸로도 충분했다.

세아는 퇴근해서 집에 온 지석을 보고 눈치를 힐끗 보더니 조용히 그의 옆으로 가서 입을 열었다.

"씻고 잠깐 저랑 얘기 좀 해요."

"무슨 얘기? 나 피곤해. 나중에 문자로 해."

이렇게 차갑게 말해버리더니 먼저 화장실로 들어가 버리는 지석을 뒤로하고 세아의 눈에는 눈물이 가득 맺혔다. 그녀의 축 처진 뒷모습은 결혼생활 9년 만에 모든 걸 포기할 것만 같은 모습이었다.

지석이 씻고 방으로 다시 들어오자 세아가 다시 조심스럽게 입을 열었다.

"당신 그럼 듣기만 해요. 저 잠깐 다음 달 말에 프랑스에 희수네 좀 다녀올게요."

"뭐? 그럼 유라 학교는 어떻게 하고? 그렇게 오래 빠져도 돼?"

지석은 당연하다는 듯 세아가 유라도 같이 데리고 갈 것이라 단정 짓고 말했다.

"유라는 못 데려가요. 학교에 이제 입학했는데 빠지기도 그렇고. 잠깐 엄마가 데리고 있는다고 하셨으니 당신은 신경 쓰지 않아도 돼요."

지석은 앞에서는 놀라는 듯 보였지만, 뒤로 돌아 살짝 입꼬리를 올렸다.

"장모님한테 맡긴다고? 대체 얼마나 오래 있다 오려고?"

"일주일만 있다 올게요. 일주일이면…."

"희수 씨 그 친구 만나지 마. 전에 잠깐 보니 별로 괜찮은 사람이 아니야. 꼭 그 친구를 만나야겠어? 느낌이 안 좋아. 나만 보면 인상 찡그리고. 어휴, 이상해."

세아는 작게 한숨을 쉬며 희수는 그런 사람이 아니라고 대꾸하고 싶었지만, 지석은 세아의 말을 가로채며 귀찮은 목소리로 말했다.

"아, 피곤해. 언제 가는지 날짜랑 시간 문자로 보내 놔. 나 잘게. 아까 집에서 계속 당신 때문에 가족들 눈치 보느라 너무 피곤해."

지석은 늘 세아의 말을 끝까지 듣지 않았다. 세아는 조용히 한숨을 쉬며 불 꺼진 거실로 내려왔다. 거실에는 시계 초침

돌아가는 소리만 날 뿐 집안 곳곳은 조용했다. 그녀는 소파에 앉아 희수와 통화를 한 뒤 비행기 편을 예약하고 잠이 들었다.

03

파리 샤를 드골 공항

한 달 뒤.

그렇게 나의 평범했던 하루들이 지나갔다. 그리고 나는 지난 세월에 한 번도 느껴보지 못했던 한없이 부드럽게만 불어오는 바람을 느낄 수 있는 프랑스로 갔다. 프랑스에 도착하기 전까진 나의 삶에 어떠한 변화가 생길지 전혀 예상하지 못했고 기대도 하지 않았었다. 그저 너무나 지쳐 닳고 닳아버린 나의 마음을 조금이라도 위로할 수 있을까 했다.

[그렇게…. 나의 아내는 바람에게로 갔다.]

날씨는 완연한 가을로 변했고 바람은 점점 차가워지는 듯 했다. 세아는 프랑스 파리에 있는 샤를 드골 국제공항에 도착했다. 나무에 붙어있던 몇 개의 단풍잎들이 불어오는 바람에 스쳐 바닥으로 떨어지고 있었다. 세아의 얼굴로 불어오는 바람결은 오늘따라 유난히도 부드러웠다. 그녀는 가만히 눈을 감고 크게 숨을 들이마시고 내쉬더니 주변에 들리는 소리를 들었다.

쌩 하고 지나가는 차 소리

짹짹 소리를 내며 아름답게 노래하는 참새 소리

또각또각 하이힐 소리

그리고 통 하고 뭐가 떨어지는 소리가 들리더니 "죄송합니다." 낮은 중저음의 목소리가 세아의 귓가에 들려왔다. 눈을 떠서 밑을 내려다보니 누군가의 가방이 세아의 발 바로 옆에 떨어져 있었다. 세아는 고개를 들어 옆에 서있는 남자를 쳐다봤다. 키는 184센티 정도로 컸고 얼굴은 꽤 훈남이었으며 세아를 보고 살짝 지은 미소가 참 따뜻했다.

"아니에요. 괜찮습니다."

세아는 머쓱한 표정으로 남자에게 가방을 건넸다. 남자는 셔츠 소매를 걷어 올리더니 가방을 들고 가벼운 눈인사와 함께 앞에 주차된 차에 타고 금방 사라져 버렸다. 세아는 자신이 한국 사람인지 어떻게 알았지? 하며 캐리어를 보니 유라가 세아의 이름을 큰 별 모양 스티커에 크게 써서 붙여놓은 것이 보였다.

남자의 차가 공항에서 멀어질 때쯤, 세아의 핸드폰에 벨 소리가 울렸다.

"응, 희수야. 나 좀 전에 공항에서 나왔어. 주소 좀 보내주라."

"세아야, 나 어떻게 하지? 엄마가 갑자기 쓰러지셔서 병원에 가고 있다고 아침에 연락이 왔어. 나 지금 바로 한국에 가봐야 할 것 같은데 어떻게 하니."

"정말? 나는 괜찮아. 혼자 다니면 돼. 어차피 쉬고 싶어서 온 거니까 나는 신경 쓰지 말고. 조심히 다녀와. 가서 어머니 어떠신지 연락해주고."

"그래, 내가 너 쓸 방은 정리해 놨어. 문 옆에 있는 우편함에 열쇠 넣어놓고 나갈 테니 여기에서 지내고 있어. 나는 한국에 가서 상황 보고 다시 연락할게."

세아는 택시를 타고 희수의 집으로 향했다. 창문을 열어 밖의 풍경을 보다 언젠가 영화 속에서 봤을 법한 테라스에 꽃들이 예쁘게 피어있는 카페를 발견하고는 택시에서 내렸다. "아, 좋다…." 택시에서 나와 고개를 하늘로 들고 차가운 공기를 크게 들이마시고서 카페테라스에 앉아 음료를 주문했다.

"I'll have one hot latte and an iced water, please."

세아는 주변을 둘러보다 앞쪽에서 걸어오는 남자와 눈이 마주쳤다. 아까 세아의 발 옆에 가방을 떨어트렸던 남자였다. 그 남자도 세아를 알아봤는지 세아에게 가볍게 눈인사를 하고 옆에 있는 사람과 다시 대화를 나눴다.

커피를 마시고 있던 세아의 앞쪽에는 사람들이 자전거를 탈 수 있게 만들어 놓은 넓은 공터가 있었다. 그런데 그때 자전거를 타던 한 남자가 자전거의 브레이크가 고장이 났는지 그대로 직진해서 세아의 테이블에 부딪혀 넘어졌다. 주변 사람들은 놀라서 넘어진 남자에게 뛰어가 일으켜 세워줬다. 세아는 옷에 뜨거운 커피를 다 쏟았기에 울상으로 일어나 커피를 냅킨으로 대충 닦아 털어내고 있는데 좀 전에 눈인사하며 지나갔던 남자가 세아에게 다가와 물었다.

"괜찮으세요? 걸칠 옷은 있어요?"

남자는 옆 테이블에 있는 냅킨을 세아에게 건네주었다.

"하아…. 옷은 있는데…."

늘 지석이 말끝을 잘라버린 탓에 갖게 된 습관으로 세아가 말끝을 흐렸는데, 그 모습이 왠지 앞에 있는 남자에게 수줍어서 그런 듯 보였다. 남자는 세아에게 댁이 근처이면 데려다주겠다고 했지만, 그녀는 정중히 거절했다. 남자는 뜨거운 커피 때문에 그녀의 손목이 빨갛게 달아 올라있는 것을 봤다. 그는 그냥 가던 길을 가려고 했지만, 옷도 커피로 많이 젖어있고 손목도 빨갛게 되어서 당황하고 있는 그녀를 무시하고 지나칠 수가 없었다. 큰 캐리어를 가지고 있는 그녀는 누가봐도 여행 중인 것 같았고, 약국도 혼자 찾기는 쉽지 않을 것 같았기 때문이다. 결국 그는 그녀를 설득해서 자신의 차로 데려다주겠다고 했다.

"아…. 죄송합니다. 많이 바쁘신 것 같은데…."

"아니에요, 괜찮아요. 타세요."

그렇게 우리는 서로에게 앞으로 어떤 일이 일어날지도 모른 채 같이 차에 타버렸다. 갑자기 차창 밖에서 바람이 어느 때보다 더 부드럽게 불어와 우리에게 스쳤다.

남자의 차 안에는 누가 맡아도 남자가 쓰는 향수라는 느낌의 시원하면서도 우디한 향수 냄새가 은은하게 풍겼다. 남자가 세아에게 주소를 물어보자, 세아는 주소를 확인하기 위해 가방을 열었는데 커피와 함께 떨어졌던 핸드폰은 액정에 금이 여러 갈래로 잘게 나있었다. 세아가 얼굴을 살짝 찡그리는데 남자가 물었다.

"커피 쏟은 데는 괜찮아요? 뜨거운 커피였던 것 같았는데 많이 데인 거면 약국에 데려다 드릴까요?"

"아니에요. 그 정도는 아니에요. 찬물로 대고 있으면 괜찮을 거예요."

하지만 그가 볼 때는 찬물로 대고 있는다고 금방 나을 상처 같아 보이진 않았다. 세아는 희수의 집 주소를 그에게 불러줬고, 그는 가는 길에 약국이 있다고 하더니 들러서 데일 때 바르는 약을 사다 주었다.

"이 동네에 오래 사셨어요?"

"아…. 저는 여기에 안 살아요. 요즘 몸이 안 좋아서 친구네 집에서 일주일만 쉬다가 다시 한국으로 가요."

둘은 희수의 집 앞에 도착했고 남자는 세아의 짐을 문 앞에 내려 주었다.

“그럼 일주일 동안 잘 쉬다 가세요. 아, 제 이름은 서우진입니다.”

한없이 다정하고 따뜻한 남자의 목소리에 그녀의 얼어있던 마음이 녹아내리는 듯했다.

“네. 저…. 제 이름은 한세아입니다.”

두 사람은 인사만 간단히 하고 헤어졌다. 세아는 집으로 들어왔고 우진은 차에 시동을 걸고 다시 카페로 향했다.

세아는 자신의 손이 냄비에 데었을 때도 보고도 못 본 척했던 지석을 떠올렸다. 지석에게서는 한 번도 느껴보지 못했던 자상함과 따뜻함을 우진에게 느꼈고, 잠시 창문으로 가서 그가 떠난 자리를 쳐다보다 정신을 차리기 위해 고개를 저었다. 세아는 샤워를 하고 나와 커피에 젖은 옷을 정리하며 다시 한 번 우진을 떠올렸다. 고마움 때문이었을까, 지석과는 다른 자상함 때문이었을까, 왠지모를 따뜻한 여운이 잔잔하게 남았다.

세아는 핸드폰을 꺼내 친정어머니에게 전화를 걸었고, 전화는 세아의 딸 유라가 받았다.

"엄마! 잘 도착했어요? 유라는 안 보고 싶어요?"

"우리 딸 너무 많이 보고 싶지. 우리 유라 할머니랑 밥은 먹었어?"

"네! 할머니가 내가 좋아하는 불고기도 해주시고 아이스크림도 사 주셨어요."

"그래? 우리 유라 신났네. 아빠는 오셨었어?"

"아빠는 아침에 나 여기에 데려다 주시고 일주일 뒤에 올 거라 말하고 그냥 가버렸어요."

"그렇구나…. 그럼 엄마도 일주일 뒤에 가니까 그때까지 할머니 말씀 잘 듣고 있어. 학교 숙제도 꼭 잊지 말고. 알겠지?"

"네! 걱정 하지 마세요. 엄마, 나 할머니가 부르신다. 끊을게요! 사랑해요!"

04

오해

밖은 금세 어둠이 깊어졌다. 세아가 문을 열고 집 밖으로 나오니 프랑스의 가을바람은 한결같이 부드러워 한참을 가만히 서서 눈을 감았다. 막상 밖에 혼자 나오니 어디로 가야 할지 몰라 무작정 거리를 걷고 있는데 지나가던 술 취한 남자가 세아의 어깨를 세게 툭 쳤다. 세아는 어깨를 움켜쥐며 "아!"하고 소리를 냈다. 심하게 부딪힌 탓에 세아는 놀랐지만 술 취한 사람이 무서워 그냥 지나가려고 하는데 남자는 계속 프랑스어로 뭐라 말하며 그녀를 따라왔다. 세아는 겁에 질려 뛰어 도망갔지만 남자는 계속해서 빠르게 쫓아왔다. 끝내 그는 그녀의 어깨를 세게 잡아 자신의 몸으로 끌어와 안으려고 하는데, 세아가 손으로 강하게 뿌리치다 그의 재킷 주머니에 있던 그의 핸드폰이 툭 하고 바닥으로 떨어졌다. 주변을 둘러봤지만 불행히도 아무도 없었고 어둠이 짙게 깔린 골목안에는 오직 두 사람만 있었다. 세아는 뿌리치려고 인상을 쓰며 안간힘을 쓰는데 그때 고맙게도 떨어져있는 남자의 핸드폰이 울렸다. 그가 벨 소리가 울리는 핸드폰을 잠깐 쳐다보는 사이 세아는 다시 앞만 보고 뛰어가 간신히 골목을 빠져나왔다.

몸을 움켜쥐고 숨어있다 한 이십 분쯤 지났을까. 골목 끝에서 살짝 고개를 꺼내 둘러봤지만, 어디에도 그 남자는 보이지 않았다. 그제서야 한숨을 돌리고 다시 골목을 빠져나오려고 했지만 그녀에게 낯선 이 어두운 골목은 어디로 가야 빠져나갈 수 있을지 도통 기억이 나지 않았다. 무작정 술 취한 남자에게서 정신없이 도망치느라 기억을 해내려고 해도 그 남자의 얼굴만 떠오를 뿐이었다. 어디든 가면 불빛이 있는 상점이라도 나오겠지 싶어 걷고 있는데 어디선가 아이의 울음소리가 들렸다.

"뭐지? 이건 분명 아이가 우는 소린데…. 어디지? 집 안에서 나는 소리겠지?"

세아는 아이의 울음소리가 마치 유라가 우는 소리같이 들려 그 소리를 따라 걸었다. 골목을 꺾어 나오니 바로 앞에 몸집이 왜소하고 여섯 살 정도로 보이는 남자아이가 구석에서 몸을 웅크리고 앉아 울고 있었다. 세아는 프랑스어를 할 수 있는 것도 아니었기에, 영어로 왜 울고 있는지, 부모님은 어디에 계신지, 이 근처에 사는지 등을 물어봤지만 아이는 울기만 할 뿐 아무 말이 없었다.

“하아…. 어떻게 하지…. 경찰서라도 데려 가주면 될까? 그런데 경찰서가 어디에 있는지도 모르겠고. 내가 어디에 있는지도 모르겠고…. 하아….”

세아는 아이의 곁에서 혹시라도 부모님이 나타날까 싶어 30분 정도를 같이 기다려줬다. 하지만 시간만 가고 골목은 더욱 어두워지기만 할 뿐이었다.

정말 부모가 아이를 버리기라도 한 걸까. 그런 일은 없어야 할텐데. 아이가 실종 된다면 부모와 마지막으로 같이 있던 곳에서 부모가 찾으러 올 때까지 기다려야 한다는 것을 세아는 잘 알고 있었다. 하지만 어둡기만 한 골목에서 시간이 흘러도 부모는 나타나지 않고, 아이는 두려움에 몸을 벌벌 떨고 있으니 부모의 눈에 더 잘 띄는 큰 길가에서 기다려야겠다는 생각이 들었다. 세아는 결국 아이를 달래서 업고 골목을 헤매기 시작했다. 그렇게 한참을 헤매고 있는데 앞에서 어떤 여자가 급한 걸음으로 세아가 있는 방향으로 걸어오고 있었다. '아, 다행이다! 저 여자분한테 길을 물어봐야겠다.'하고 생각하며 그 여자에게 다가가자 그 여자는 눈이 동그래져서 등에 업혀있는 아이를 번쩍 들어 데려갔다. 세아는 아이가 그 여자 품에 포옥 안겨있는 모습을 보고 드디어 엄마를 찾았구나 싶어 미소를 보이는데 그 여자는 세아의 뺨을 세게 쳤다. 당황한 세아가 그 여자를 쳐다보자, 그 여자는 화가 많이 났는지 세아에게 우리 아이를 업고 어디로 데려가려고 한 거냐며 소리쳤고, 세아는 프랑스어를 알아듣지 못했다. 영어로 대화를 해보려 했지만 여자는 영어를 알아듣지 못했다.

결국 그 여자와 아이, 세아는 골목에서 나와 근처에 있는 경찰서로 왔다.

"이 여자가 우리 아이를 업고 어두운 골목에서 어디론가 데려가고 있었어요!"

"이 여자 우리가 하는 말 못 알아듣는 것 같은데…."

경찰과 그 여자는 둘이 대화하고 있었지만 프랑스어만 할 뿐 영어는 안 통했다. 세아는 잘못하면 그대로 잡혀 들어가게 생겼다. 아이 엄마는 아이에게 무슨 일이었는지 계속 물었지만 아이는 아직 겁에 질렸는지 울기만 했다. 세아는 한국에 있는 희수에게라도 전화하고 싶었지만, 이미 배터리가 방전되어 꺼져버린 핸드폰으로는 아무것도 할 수 없었다.

'아…. 어떻게 하지….'

그때, 경찰서 문이 열리고 남자 한 명이 들어왔다. 프랑스어로 뭐라고 경찰과 대화하더니 손에 쥐고 있던 지갑을 경찰관에게 건네 줬다. 길에서 주운 지갑을 들고 왔나보다 생각하고 있는데 그 남자가 아이의 엄마와 경찰관이 대화하고 있는 걸 듣게 됐다. 그리고 세아에게 물었다.

"혹시…. 한국분이세요?"

세아가 한국말이 들리자, 바로 고개를 돌려 쳐다봤다.

"네! 한국분이세요? 하아…. 다행이다. 혹시 프랑스어 하실 수 있으세요?"

"네. 저는 여기 산 지 꽤 되었어요. 들어보니 아이를 어디로 데려가려고 했다고 저 둘이 말하고 있는데 어떻게 된 거예요?"

세아는 남자에게 이제까지 있던 상황을 모두 설명했다. 그는 그녀의 말을 머릿속으로 정리하더니 경찰관에게 좀 전의 상황을 제대로 설명했다. 그 상황을 들은 아이 엄마는 아이에게 이 내용이 맞는지 물어봤고, 그제서야 아이가 울음을 그치더니 고개를 끄덕였다.

아름다운 프랑스의 밤이 이렇게 지나가 버렸다.

'이벤트의 날 - 따뜻한 인테리어 하우스 by 지석 -'

"자자, 쉬엄쉬엄 하세요."

지석은 같이 봉사하는 직원 분들을 위해 근처 카페에 들러서 커피를 사 왔다. 일하시는 분들에게 커피를 돌리면서도 지석의 시선은 유독 집주인 여자에게만 향해있는 듯 보였다. 여자는 지석과 눈이 마주치자, 미소를 살짝 짓더니 고개를 끄덕여 인사했다. 그 모습을 보고 여자의 친구가 물었다.

"저 남자 여기 사장님 아니셔? 왜 자꾸 너를 쳐다봐?"

"나를 자꾸 본다고?"

"응. 넌 못 느꼈어? 저 남자 좀 수상한 거 같아. 정말 친절한 사람이거나 너한테 관심이 있거나. 그런데 친절한 사람의 눈빛치고는 사람이 참 가벼워 보인단 말이지."

"친절한 분이시겠지. 기사 못 봤어?"

여자는 '그렇겠지'라는 표정으로 어깨를 한번 으쓱하더니 지석에게 받은 커피를 마셨다.

소희가 왔다. 그녀는 한 손에는 가방, 다른 한 손에는 예쁘게 포장되어 있는 마카롱이 들려져 있었다. 누군가를 찾는 것 같더니, 지석에게 가서 물었다.

"혜언 이모는? 아직 안 오셨어? 제이가 이모 오늘 여기에 올 거라고 하던데."

"저기. 친구분이랑 오셨더라고. 가봐. 너도 기억할 거야. 이모도 너 찾으시더라."

"이모!"

소희는 혜언에게 다가가 인사하고, 사 온 마카롱을 나눠 먹었다. 옆에 같이 있던 혜언의 친구 정혜가 말했다.

"소희네! 이렇게 예쁘게 컸구나."

"안녕하세요. 오랜만이네요. 예진이는 가끔 얼굴 봐요."

"그렇구나. 나는 그동안 혜언이한테 너 얘기 많이 들었어. 혜언이가 자주 가서 너 많이 챙겨주지?"

혜언은 정혜의 팔을 자신의 빨꿈치로 살짝 치더니 말했다.

"챙겨준다기 보다 예쁘고 내 자식 같고 그러니까 같이 잘

살아보자는 거지.”

“네? 이모. 잘살아 본다고요? 이모 왜 갑자기 긴장한 것 처럼.”

소희가 혜언의 말투에 빵 터졌는지 입 안에 있던 마카롱 가루를 튀기며 웃어버렸다. 옆에 있던 정혜도 살짝 웃어줬다. 혜언은 뭐가 재미있냐며 입꼬리를 내렸다.

05

프랑스 책방 본점

가을바람이 열려있는 창문 틈 사이로 불어와 세아의 머릿결을 스쳤다. 세아의 얼굴에는 그늘이 짙게 드리워져 있었다. 프랑스에 온 뒤로, 지석은 세아가 전화를 몇 번이고 걸어도 한 번도 받지 않았다. 세아는 자신의 깨진 핸드폰을 쳐다보며 깊은 한숨을 쉬었다. 유라가 조금이라도 더 크기 전에 남편과의 관계를 회복하고자 하는 마음이 컸지만, 모든 것이 마음대로 쉽게 되진 않았다.

"그래. 늘 이랬으니까. 상처받지 말아야지. 나를 바라봐주는 유라가 있으니…."

세아는 대충 옷을 챙겨 입고 밖으로 나갔다. 공기가 제법 쌀쌀해진 걸 느낀 세아는 다시 안으로 들어가 코트를 챙겨 입고 밖으로 나왔다.

“이 근처에 책방이 있다고 했는데…. 음…. 이쪽이겠다.”

세아는 요즘 읽고 있는 책의 프랑스어 원서를 읽을 수는 없겠지만 소장하고 싶었다. 검색해보니 희수의 집에서 가까운 거리에 책방에 있다는 것을 알고 그곳으로 향하는 길이었다. 구글맵으로 검색해보니 걸어서 이십 분이면 갈 수 있는 거리여서 택시를 타지 않고 날도 밝으니 걷기로 했다. 어두울 때 걷던 거리가 따스한 가을 햇볕을 받으니 이토록 아름다운 거리일 수가 있구나, 하고 감탄했다. 유라가 유치원에 들어가기 전에 지석의 출장으로 다 같이 한번 들른 적이 있었는데, 그동안 거리는 바뀐 것이 없었다. 하지만 가족들과 함께가 아닌 혼자 이 거리를 걸으니 왠지 모르게 더 감탄이 흘러나왔다. 거리의 상점에는 이미 핼로윈과 크리스마스를 위한 화려한 장식과 반짝이는 불빛으로 음악과 함께 로맨틱하게 꾸며져 있었다. 책방 앞에 도착하니 프랑스어가 새겨져 있는 나무 간판에는 밑에 작은 글씨로 한국말도 적혀있었다.

‘프랑스 책방 본점. 그리고 북카페’

세아가 책방의 문을 열자 끼-익 문을 여는 소리가 들렸고 그 소리에 일하고 있던 프랑스 남자가 세아를 쳐다보며 인사했다. 세아도 봉쥬흐- 라며 쑥스럽게 인사했다. 책방에서 맡는 책 냄새는 세아의 마음을 편안하게 해줬다. 책을 한 권씩 자세히 들여다보며 골라보다 마음에 드는 책을 찾았다.

"아, 이 책이 여기에도 있구나."

툭 하는 소리와 함께 손에 힘이 빠져 꺼내려던 책을 바닥으로 떨어트렸다. 몸을 구부리고 책을 주우려고 하는데 다른 사람의 손이 먼저 그 책을 잡았다.

"또 뵙네요. 책 보러 오셨어요?"

중저음의 따뜻한 목소리가 낯설지 않아 얼굴을 보니 집까지 데려다 줬던 우진이었다. 세아는 눈이 마주치자 자기도 모르게 얼굴이 발그레 졌다.

"아, 안녕하세요."

"그날은 잘 쉬었어요? 데인 곳은 괜찮아요?"

"네, 약 바르고 좀 지나니 괜찮아요."

"그 책 좋아하시나 봐요."

"네. 이 책이 여기에 있다는 걸 인터넷에서 찾아보고 왔어요."

"친구분은 같이 안 오셨어요?"

"아…. 친구는 어머니가 갑자기 아프셔서 잠깐 한국에 갔어요."

우진은 걱정하는 표정을 하더니 다시 물었다.

"그럼 이번 주가 북 페어 기간이거든요. 거기 가보세요. 책 읽는 거 좋아하시면 구경할 것도 많을 거예요."

우진은 옆에 올려져 있는 팸플릿을 세아에게 건내 주었다.

"여기에서 멀지 않은 곳이에요?"

"음…. 그럼 혹시 불편하지 않으시다면 저 갈 때 같이 가실래요? 저희 삼촌도 같이 가실 거예요."

"아니에요. 제가 괜히 수고스럽게 해드리는 것 같아요. 괜찮아요. 아무튼 감사합니다."

'Paris Book Fair'

"와…. 이런 데도 다 와보네. 규모가 정말 크구나."

세아는 천천히 둘러보다 책 한 권을 사서 작가에게 사인을 받고, 굿즈를 사기도 하며 시간을 보내고 있었다. 저 멀리에 있는 부스에서는 작가와 에디터로 보이는 다섯 사람이 북토크를 하는 것 같았다. 세아는 그쪽으로 발걸음을 옮겼다. 프랑스어로 진행되기도 하고 가끔 영어도 들렸다. 파리에 와서 이런 곳까지 들리다니 신이 나서 집중하고 있는데 옆에서 누군가 말을 걸었다. 우진이었다.

"안녕하세요. 여기 오셨네요."

"어? 안녕하세요." 하고 세아가 우진에게 인사하다가, 그의 옆에 서있는 남자를 보고 놀랐다.

"인사하세요. 제 삼촌이세요."

"아…. 안녕하세요. 그때는 정말 감사했어요."

우진의 삼촌은 경찰서에서 세아를 도와주셨던 분이었다.

"안녕하세요. 여기서 또 뵙네요. 그때는 잘 들어가셨어요? 많이 놀라셨을 텐데. 밤에는 골목에 안 가시는 게 나아요. 그쪽은 가로등도 별로 없고, 위험해요."

"무슨 말이에요, 삼촌?"

"아, 그때…. 직접 여쭤봐. 그럼 잘됐다. 저는 책방 때문에 먼저 가봐야 하니, 이 녀석이랑 같이 구경하시다 오세요. 너는 꼭 모셔다 드려!"

삼촌은 우진에게 세아를 꼭 데려다주라고 속삭이듯 말하더니 급하게 나가버렸다. 속삭이듯 말한다고는 했지만, 일부러 다 들리게 말한 듯하다. 두 사람은 더 둘러보다 우진의 차에 탔다. 우진이 운전하며 세아에게 말했다.

"여기에는 종종 오세요? 제 말은 프랑스에요."

"아니요. 저도 정말 오랜만에 들른 거예요."

"세아 씨 데려다 드리는 길에 제가 자주 가는 공원이 있어요. 거기에 가면 센강변도 보이고요. 잠깐 들렀다 가실래요?"

세아는 대답이 없었다. 사이가 애매했기 때문이다. 자신은 분명 결혼한 여자이지만, 그렇다고 이 남자와 바람을 피우는 사이도 아니고, 친구 사이라고 하기엔 아직 친해지지도 않았다. 애매한 이 사이에 무슨 일이 일어나겠나 싶고 지금 또 마땅히 집에 들어가도 혼자 있으면 우울증만 더 심해질 것 같았기에 결국 우진을 보고 고개를 끄덕였다.

세아는 차창을 열어 밖에서 불어오는 바람결을 느끼며 살짝 숨을 내쉬었다. 눈이 부시게 빛나는 가을 햇살에 세아는 눈살을 살짝 찌푸렸지만, 마음만은 답답했던 것이 풀어지는 느낌이었다.

06

파리 센강변

우진은 파리 센강변이 보이는 공원 옆 길가에 차를 세웠고 자신이 자주 오는 곳이라고 소개했다. 가을 햇살에 비춰 반짝이는 강의 물결은 마치 지석과 결혼할 때 신었던 하이힐에 붙어있는 다이아몬드 같았다. 저 반짝이는 물결도 곧 사그라들겠구나, 라는 생각이 들었다. 바람이 차가웠지만, 가을바람의 냄새와 청량한 공기가 몸 안으로 스르르 들어가 깨끗하지 않은 마음속의 생각들을 정화해주는 것만 같았다.

"관광객들은 이 공원에 많이 안 오더라고요. 그래서 붐비지도 않고 한적해서 제가 답답한 일이 있을 때면 혼자 낮이고 밤이고 가끔 들르는 곳이에요."

세아는 조용히 입을 닫은 채로 깊게 숨을 들이마시더니 다시 천천히 내쉬었다.

"하아…. 공기가 너무 좋아요."

"그렇죠? 답답할 땐 여기에 와서 이렇게 바람 소리만 듣고 있어도 가슴이 뻥 뚫리는 기분이랄까요. 여기에 이렇게 가만히 서있다 또 잠시 걷다가…. 이러고 나면 좀 나아지더라고요."

세아는 그에게서 왠지 자신과 같은 답답한 무언가를 짊어지고 있는 듯한 모습을 보았다. 그녀는 왠지 씁쓸한 눈을 하고 말했다.

"이렇게 조용히 있을 수 있는 곳이 가까이에 있는 건 참 좋은 것 같아요. 저도 답답할 땐 집 근처 공원에 가서 이렇게 눈 감고 불어오는 바람에 스치며 가만히 서있곤 해요."

세아의 머릿속에 갑자기 한국에서 힘들었던 일들이 스치기 시작했고 얼굴에 있던 미소가 조금씩 사라졌다. 둘은 한동안 강가만 바라보며 아무 말도 하지 않았다. 서로의 걱정스러운 얼굴을 봤지만 아직은 그 이유를 물어볼 수가 없었다. 한숨을 한번 내쉬더니, 다시 세아가 말을 꺼냈다.

"제가 딱 좋아하는 날씨예요. 시원하기도 하고, 덥지도 않고, 춥지도 않고 딱 적당한. 제가 제일 좋아하는 계절이 뜨거운 여름에서 시원한 가을로 넘어갈 무렵이에요. 뜨거운 여름은 뭔가 막혀있는 느낌이고, 시원한 가을은 뭔가 트이는 느낌이잖아요. 딱 그 중간은 마음이 바람에 날아가 버린 대도 금방 다시 뜨거운 햇살이 나를 잡아주는 것도 같고. 마음이 복잡할 때면 이렇게 흔들리는 바람에 솔솔 같이 날아가 버리고 싶거든요. 그래서 여기에 온 것도 있어요. 더 이상은 안 되겠다 싶어서…. 아, 제가 말이 너무 많았네요…."

세아는 눈을 질끈 감았다. 뭐에 취해버린 건지 평소보다 말이 많아진 자신에게도 놀랐다. 이렇게 다른 사람에게 쉽게 속마음을 털어 놓았던 적도 없었다.

둘은 강변의 길을 따라서 천천히 걸었다. 우진은 잠시 망설이더니 세아에게 걱정하는 것이 있는지 물어봤다.

나는 남편이 나에게 늘 무뚝뚝하게 대하며 무시하는 것, 꿈을 꾸며 열심히 공부했지만 가정주부 외에는 다른 직업을 가질 수 없는 슬픔, 그리고…. 왠지 바람을 피우고 있는 듯한 내 남편의 이야기를 이 남자에게 모두 털어놓고 싶었다. 그렇게 하면 이 남자는 모든 걸 다 들어주고 나를 위로해 줄 것만 같았다. 그렇게 다 말하고 싶었지만 언제 다시 볼지 모르는 이 남자에게 이 힘든 감정들을 나누며 힘들게 하고 싶지 않았다.

세아는 하늘을 보고 한숨을 깊게 내쉬더니 힘들게 다시 말을 꺼냈다. 또다시 무언가에 홀려버린 듯이 자신의 마음을 쏟아내 버렸다.

"살아가는 게 생각보다 쉽지가 않아요. 사랑하며 사는 거, 사랑받으며 사는 거, 힘들 때 누군가에게 기댈 수 있다는 것이…. 참 쉬울 것 같지만 쉽지가 않아요."

그는 그녀의 근심 가득한 표정을 가만히 쳐다보다 입을 열었다.

"제일 어렵죠. 그래도 힘들어서 기대고 싶을 때는 주변을 한번 돌아보세요. 돌이켜 생각해보면 꼭 그럴 때 누군가가 옆에 있었지만 나 자신만 알아차리지 못하고 있던 거였더라고요."

세아의 눈에 따뜻한 눈물이 살짝 맺혔다. 우진은 왠지 지쳐 보이는 그녀를 따뜻하게 안아주고 싶다고 잠시 생각했다. 그때 우진의 핸드폰이 울렸다. 그는 벨 소리가 울리는 핸드폰을 잠시 쳐다보더니 그녀에게 말했다.

“저, 잠깐 전화 좀 받고 올게요.”

통화하는 그의 표정이 심각해 보였다. 통화가 끝나자 그녀에게 와서 급한 목소리로 말했다.

“저 일이 좀 생겨서요. 갑자기 이렇게 돼서 죄송합니다. 또 기회가 되면 한국 들어가시기 전에 다시 한번 봬요. 댁까지는 제가 가는 길이니 데려다 드릴게요.”

“아니에요. 저는 여기 좀 더 있다가 갈게요.”

그렇게 둘은 가볍지만 아쉬운 눈빛의 눈인사를 나누고 헤어지는 듯 했다. 그가 차로 가서 시동을 걸고 출발하려고 하는데 사이드미러에 비친 자신을 바라보고 있는 그녀의 얼굴을 봐 버렸다. 우진은 다시 차에서 내려 세아를 불렀다.

“세아 씨!”

다시 발걸음을 돌려 강가로 향하려던 세아는 고개를 돌려 그를 바라봤다.

“세아 씨, 제가 정확히 두 시간 뒤에 여기로 올 거예요. 여기에서 꼭 기다려 주세요. 알겠죠?”

그녀는 수줍게 고개를 끄덕였고 그는 다시 차에 타고 어딘가로 향했다.

07

그와 그녀의 아픔

우진은 아까 세아와 마주쳤던 책방 앞에 주차했다. 사실 우진은 이 책방을 삼촌과 함께 운영하고 있었다. 책방 문 앞에서 열 발자국 정도 떨어진 거리에 한 남자가 뒤돌아 서있었다. 우진은 그 남자를 잠시 쳐다보고 눈을 살짝 찡그리더니 책방 문을 급하게 열었다. 책방 안쪽에는 살짝 웨이브가 된 검은 긴 머리에 키는 168센티 정도 돼 보이는 가녀린 여자가 뒤돌아 서있었다. 우진은 슬픈 듯한 낮은 목소리로 그 여자의 이름을 불렀다.

“혜라야….”

우진이 부르자 여자는 천천히 뒤를 돌아 우진을 봤다. 얼굴이 참 하얗고 예쁜 얼굴이었다. 하지만 눈은 너무 슬퍼 보였다. 혜라는 슬프지만 억지로 환해 보이려고 하는 얼굴을 하며 조용히 입을 열었다.

"오빠…. 잘 지냈어? 책방도 그대로네. 오빠도 여전히 멋있고…."

우진은 왠지 화가 난 얼굴이었지만 최대한 차분히 말했다.

"어떻게 된 거야. 그동안 어디에서 지낸 거야. 연락도 안 되고. 또 저 밖에 있는 남자랑 지내고 있던 거야?"

우진은 차분하게 말하려고 했지만, 화가 난 감정만은 대화 속에서 감출 수가 없었다. 혜라는 아무리 노력해봐도 그 남자를 못 잊겠다고 말하며 눈에 눈물이 맺혔고 금방이라도 눈물이 떨어질 것만 같은 표정을 했다. 하지만 애써 미소 지으며 다시 말을 이어갔다.

"오빠같이 멋있는 사람이 나 같은 애 만나서 고생하는 것도 보기가 너무 힘들어…."

우진은 하고 싶은 말이 많은 것 같아 보였지만 이런 일을 이미 많이 겪었는지 지쳐 보였다. 그런 우진을 보며 혜라가 다시 말을 꺼냈다.

"오빠…. 시간을 주면 이제 프레드 정말 정리하고 올게. 프레드가 오빠 잠시 없었을 때 나에게 어떤 존재였는지 잘 알잖아…."

우진은 이미 몇 번 반복됐던 일이었기에 너무 지쳐 더 이상 말을 이어 나가지 못했고 고개를 살짝 돌려 한숨을 쉬었다. 혜라는 흘러나오는 눈물을 막으려고 애써 미소 지으며 우진에게 다가가 그의 품에 안겨 말을 이어갔다.

"미안해…. 내가 꼭 이번 작품 끝나면 오빠랑 결혼식 올리려고 했던 거…. 오빠도 잊은 거 아니지? 조금만 더 기다려줘. 다 정리하고 올게. 한 달…. 딱 한 달만 시간을 줘."

우진이 굳게 다물고 있던 입을 열어 감정을 최대한 숨기고 차분한 목소리로 말했다.

"하고 싶은 연기한다고 이번 작품 끝날 때까지만 기다려 달라고 한 건 너야."

혜라는 참았던 눈물이 흐르는 걸 보이지 않으려고 우진의 품에서 나와 뒤를 돌아 눈물을 살짝 닦아냈다. 우진은 12년 동안 이미 너무 지쳐왔기에 이제까지 표현하지 못했던 말을 내뱉어 버렸다.

"이젠 나도 좀 지치네."

우진의 지친다는 말을 처음 들은 혜라는 입을 꾹 다문 채 그대로 책방 문을 열고 뛰쳐나갔고 우진은 한숨을 깊게 내쉬며 고개를 떨구었다. 혜라는 밖에서 자신을 기다리고 있는 프레드에게 달려가 품에 안겨 참았던 눈물을 흘렸다. 프레드는 그런 혜라를 꽉 안아 주고 괜찮다며 혜라의 등을 계속 쓸어주었다.

우진이 고개를 떨구고 생각에 잠겨 있는데 책방 안쪽의 문이 열렸고 누군가가 눈을 비비며 나왔다. 우진의 삼촌이었다. 키는 170센티 정도에 안경을 쓰고 수더분한 인상을 갖고 있었다. 그의 딸은 영국 런던에서 고등학교에 다니고 있고, 아내도 그곳에서 딸과 함께 잠시 지내고 있다. 그동안 그는 책방 건물 이층에서 우진과 둘만 생활하게 되었다. 삼촌이 힘들어하는 우진의 모습을 보며 조심스럽게 말을 꺼냈다.

"혜라 왔었지? 또 너한테 와서 안 좋은 말만 하고 간 거냐? 걔도 참…. 저렇게 행동하고 다니는 자신이 부끄럽지도 않은가. 이젠 너도 보내줘. 너희 둘 이제 이렇게 지낸 게 10년도 더 지났지? 너 이십 대 때부터 쟤 때문에 여기에만 갇혀서…. 너도 이제 그만해. 옆에서 보는 나까지 힘들다. 나는 너가 누나 때문에 한국에 가 있을 때, 쟤가 저 프랑스인 만나는게 프랑스어 선생님인가…. 언어 배우려나 보구나 싶었어. 여기 와서 언어도 어려워했으니까.”

우진은 아무 말이 없었고, 삼촌이 책을 정리하며 다시 차분히 말을 이어 나갔다.

“너 그거 사랑 아니다. 그렇게 혼자만 붙잡고 있는다고 사랑이 아니라고. 떠나보내야 할 땐 떠나보내야 하고 서로 사랑의 크기도 어느 정도 맞아야 그게 사랑하는 거야.”

삼촌은 옆에 있는 하트 모양의 엽서를 들고 다시 말을 꺼냈다.

“이것 봐라. 이게 사랑인데 반대쪽이 떨어져 나가고 혼자만 붙들고 다시 반대쪽이 언제 붙을까만 고민하고 있어 봐라. 그게 사랑으로 보이는가. 그거 사랑 아니야 인마. 이젠 정신 좀 차려.”

우진은 한숨을 크게 내쉬며 창 밖만 바라보고 있었다. 그러다 갑자기 무슨 생각을 했는지 밖으로 급하게 나가 아까 남자가 서있던 방향으로 뛰어가면서 외쳤다.

“혜라야…. 혜라야….”

하지만 혜라는 어디에도 없었다. 우진은 그대로 서서 눈물을 머금었다.

세아는 소슬히 부는 가을바람을 맞으며 센강변을 걷고 있었다. 하늘을 가만히 쳐다보기도 하고 강 물결이 일렁이는 것도 보며 천천히 강변을 거닐었다. 그러던 중, 불쑥 지석의 모습이 떠올랐다. 자신도 프랑스에 와있고, 유라도 할머니한테 가 있으니 혼자 뭐 하고 있을지 혹여나 심심하지는 않을지 궁금해졌다. 세아는 핸드폰을 꺼내 지석에게 전화를 걸었지만 역시나 받지 않았다. 좀 있으니. 문자 한 통이 왔다.

'나 지금 아버지랑 출장 중. 유라는 잘 있어.'

세아는 가슴이 먹먹했다. 아침에 유라는 분명 자신이 프랑스로 온 뒤로, 아빠는 한번 연락도 없고 얼굴도 비추지 않았다고 했다.

시계를 보니 이미 두 시간이 지난 뒤였다. 우진은 다시 오지 않았다. 세아는 차가운 지석과는 다른 모습의 우진이 참 따뜻한 사람이라고 느껴졌다. 좋은 친구가 될 수도 있겠다고 생각했다가, 친구 사이라도 만나면 안 될 것 같다고 생각했다가, 어차피 일주일 뒤면 떠날 곳이니 희수가 그 전에 오게 되면 같이 밥 한번 먹어도 괜찮겠다고 마침내 결론을 냈다. 하지만 이내 고개를 몇 번 흔들며 안 되겠는지 밖으로 나가려고 하는데, 우진이 뒤에서 세아의 손목을 꽉 잡았다. 그는 고개를 숙이고 숨을 헐떡이는 듯한 목소리로 말했다.

"죄송해요. 좀 늦었죠?"

그의 안색은 아까와는 달리 어두워 보였다. 그녀는 이유가 궁금했지만 물어볼 수가 없었다.

"괜찮아요. 더 기다리려고 했는데 날이 좀 쌀쌀해져서…."

우진의 안 좋은 안색에 미안해진 세아는 더 기다리려고 했다는 말을 자기도 모르게 불쑥해버리고는 그런 자신이 또 부끄러웠는지 옆으로 고개를 돌려 눈썹을 찡그렸다. 우진은 그런 그녀를 보고 살짝 미소를 지었다.

우리가 이때 다시 만나지만 않았어도 계속 만남이 이어졌을지 늘 궁금하다. 그는 참 따뜻했다. 내 손목을 잡았던 그의 손길도 참 따스했다.

08

파리의 붉은 노을

파리의 가을 하늘 아래, 센강변 공원에는 퇴근시간이 지나면서 사람들의 수가 하나둘 더해졌다. 강변을 따라 조금 걸어가니 앞에는 푸른 잔디밭이 펼쳐졌다. 두 사람은 나무를 옆에 두고 잔디밭에 앉았다.

"죄송해요. 제가 약속해 놓고 이렇게 늦어서."

"아니에요, 괜찮아요. 저도 여기에서 아무 생각 없이 그렇게 한참을 걷다 보니 시간이 저도 모르는 사이 이렇게 지났더라고요…."

우진은 조용히 무언가 생각하는 것 같더니 옆에 있는 세아를 쳐다보다가 둘이 눈이 마주쳤다.

"사실 저 12년 만난 여자 친구가 있어요. 하고 싶은 게 참 많은 친구예요. 어렸을 때 그 친구 부모님께서 일찍 이혼하시면서 몇 달은 아버지랑 몇 달은 어머니랑 이렇게 계속 번 갈아가며 지내느라 눈치만 보고 자신이 하고 싶은 걸 못하고 살다 저를 만났어요."

우진은 하늘을 한번 보고 그날이 기억났는지 옅게 한숨을 쉬고 다시 말을 이어갔다.

"그렇게 저 따라서 프랑스로 오게 되면서 제가 일부러 하고 싶은 거 다 하도록 그렇게 됐어요. 그게 일 년이 되고, 이 년이 되고, 이제 십이 년이 됐어요. 중간에 저는 어머니가 아프셔서 잠깐 한국에 가 있느라 그 친구와 잠시 떨어져 있었어요. 나중에 어머니가 돌아가시고 제가 정신을 차려보니 그 친구를 저보다 더 많이 챙겨주는 남자가 생겼더라고요. 그 친구는 그 남자에 대한 감정을 지울 수가 없나 봐요."

그는 말이 끝나고 크게 한숨을 쉬었다. 세아는 아무 말 없이 그의 씁쓸한 표정을 바라보았다. 두 사람은 각자의 슬픔을 떠올렸다. 그리고 진한 푸른색의 하늘에서 지는 해를 보며 흔들리던 시선을 멈췄다. 세아도 이젠 우진에게 자신의 아픔을 말해도 될 것 같은 용기가 생겼다.

하늘은 노을이 지며 진한 핑크빛으로 물들어 가고 있었고 공기는 점점 더 차가워졌다. 그녀는 추웠는지 몸에 걸치고 있는 얇은 코트를 양손으로 쥐고 몸을 더 감싸 안았다. 그 모습을 보고 우진이 말했다.

"쌀쌀하죠? 여기에서 조금만 가면 제가 아는 곳이 있어요. 거기에 잠깐 들러서 몸 좀 녹이고 가세요."

둘은 천천히 붉게 물들어가는 파리의 노을을 등에 지고 그의 차로 걸어갔다. 두 사람은 수줍은 듯 사이를 살짝 두고 걸었다. 해가 강 끝자락에 살짝 걸릴 때쯤, 파리는 도로에 다니는 자동차와 건물 에서 나오는 불빛들로 가득했다. 도보를 걷고 있던 한 커플은 멈춰서서 주변에 아무도 없는 것처럼, 이 도시에 그들만 있는 것처럼 진하게 키스하고 있었다. 이보다 더 로맨틱한 도시가 있을까, 일주일 후 한국으로 다시 가서 지석을 마주할 생각을 하면 눈물이 핑 돌았다.

우진은 낮에 세아와 마주쳤던 책방 앞에 주차했다.

"이 책방이 사실 제가 삼촌이랑 같이 운영하는 곳이에요."

"아, 그래서 아까 여기에…."

세아는 아까 북 페어에서 삼촌이 책방 때문에 먼저 가겠다고 한 것이 생각나서 혼자 고개를 몇 번 더 끄덕였다.

“여기 뒤쪽에는 작은 북카페가 있어요. 이쪽으로 들어오세요.”

나무 간판에 크게 새겨진 프랑스어 아래에 작은 글씨로 적혀있는 이 글자를 세아는 지금에야 발견했다.

‘프랑스 책방 본점. 그리고 북카페’

책방 뒤쪽에 위치한 카페의 테라스 앞엔 나무들이 둘러싸고 있었다. 테라스 자리 옆에는 작은 통나무 몇 개가 들어있는 난로가 있었다. 우진이 난로에 불을 지피자 타다닥 나무 타는 소리가 너무나도 따뜻하게 들려왔다. 그 소리에 세아의 힘들었던 마음이 전부 스르르 녹아버리는 듯했다.

그는 이 난로같이 따뜻한 목소리로 그녀에게 물어봤다.

“이제 추운 건 좀 괜찮아요?”

“네, 난로가 참 따뜻하네요. 여기 나무로 된 인테리어도 참 따뜻하고요.”

우진이 카페 안쪽으로 들어가 음악을 틀었다. 잔잔한 재즈음악은 세아가 앉아있는 테라스까지 흘러나왔다. 세아는 서가에 꽂혀 있는 책들을 천천히 둘러보다 책 한권을 꺼냈다.

“이 책이 여기에 있네요. 제가 참 좋아하는 소설인데….”

“아, 저도 들었어요. 한국에서는 영화로까지 만들어졌다고 들었는데, 맞죠?”

“네, 영상미와 음악이 참 훌륭했어요. 잔잔한 감동의 여운이 마음속에 오래 남아서 세 번은 더 봤을 거예요.”

“저는 아직 안 봤는데. 기회가 되면 꼭 한번 봐야겠어요.”

두 사람은 난롯가에 나란히 앉아 따뜻한 불을 쬐며 책 이야기를 시간 가는 줄도 모르고 나눴다. 책방 뒤쪽에 있는 카페 테라스는 앞이 나무로 막혀있어서 두 사람 외에는 보이지 않아 아무도 그들을 방해하지 못했다. 세아는 이 따뜻한 목소리를 가진 낯선 사람과 책 이야기를 나누는 시간이 참 소중하게 느껴졌다. 말이 낯선 사람이지 그는 꼭 오래된 친구같았다. 이 날이 두 번 다시 오지 않을 것을 생각하면 마음이 아팠지만, 이 순간만은 행복했다. 지금 느끼는 이 감정이 도대체 무엇일까, 어디에서 오는 것일까, 알 것 같지만 알고 있다고 말하고 싶지 않았다. 눈을 오래 감았다 뜨면 꿈일 것만 같은 이 시간이 잠시 멈추길 소망했다.

09

이벤트

지석은 며칠째 이벤트 때문에 같은 곳을 방문하고 있었다. 몇 분 전 까지만 해도 소희도 같이 와있었지만, 아버지가 방문하는 걸 보더니 바로 그곳을 벗어났다. 아버지는 혜언과 그녀의 단짝 친구 정혜와 함께 대화를 나누고 있었다. 지석이 아버지에게 와서 물었다.

"오셨어요?"

"어, 그래. 바쁘지? 너도 가서 좀 도와. 이러고 있지 말고. 사진도 좀 잘 찍어달라고 얘기하고."

"그런데 아버지는 혜언 이모랑 언제부터 이렇게 친해지신 거예요?"

아버지가 입을 열기 전, 혜언이 먼저 대답했다.

"너희 아빠랑은 오래 알고 지냈지. 아마 너 태어나기도 전일 꺼야. 그렇지?"

"무슨 소리세요. 전에 어머니가 돌아가시기 전에 말씀하신 건 이모 딸 제이랑 소희가 초등학교 때 같은 반 되면서 학부모로 보게 됐다고 하셨던 것 같은데."

아버지가 정색하며 대꾸했다.

"처음 얼굴만 알고 지낸 건 너 태어나기 전이고, 친분 있는 사이가 된 건 너 초등학교 때라는 말이잖아. 그때부터 가족들끼리 자주 만나게 된 거고."

혜언과 옆에서 조용히 있던 정혜도 맞다며 같이 고개를 끄덕였다.

옆을 지나가던 집 주인 여자가 지석을 불렀다. 지석은 여자를 따라 나갔다. 그녀는 지석에게 조그만 선물을 건네 줬다.

"감사합니다. 이렇게 이벤트에 당첨돼서 집 인테리어도 무료로 받고, 저 주방 수납장은 참 세련된 것 같다니까요. 집에 오면 이젠 제가 마치 프랑스에 다시 와있는 느낌이 드는 것 같아요. 유럽 냄새가 물씬 나는 것도 같고. 사장님은 저랑 감성이 비슷한 것 같아요. 이거 작은 선물이에요. 이벤트라지만 무료로 이 모든 걸 받다니. 형편이 어려운 어르신들 댁에 해드렸어야 했던 걸 제가 받아서 죄송한 마음도 드네요."

"아닙니다. 사연을 읽어보니 갑자기 형편이 아주 안 좋아졌다고 해서 뽑게 된 거니까 앞으로 새것 같은 따뜻한 인테리어 보시며 마음이 좀 나아지셨으면 좋겠습니다. 선물은 감사히 받겠습니다. 그럼 선물의 보답으로 근처 카페라도 가서 제가 커피라도 사드릴게요."

이 여자가 이벤트 란에 사연으로 남겼던 글은 이랬다.

'사업을 무리하게 진행하던 중, 크게 부도가 나게 되었습니다. 집을 많이 수리해야 하는데 수리할 돈이 부족하네요. 부디 도와주세요.'

애절하고 마음 아픈 긴 사연들도 많았지만, 위의 사연이 채택되었었다. 사연 옆에 함께 붙어있는 여자의 사진이 참 예뻤다.

지석이 여자와 함께 카페에 가고 있는데, 옆으로 소희의 차가 들어왔다. 소희는 혜언에게 주려고 가져왔던 선물을 깜빡

하고 못 주고 갔던 것이다. 소희는 보석 디자이너다. 가져온 샘플 몇 개 중 하나는 혜언에게 주고, 이왕 주는 김에 이모 옆에 있던 정혜에게도 주려고 두 개를 챙겨 각각 조그만 상자에 넣었다.

혜언이 소희를 먼저 보고 오른손을 살짝 위로 들며 소희를 불렀다.

"소희야! 다시 왔네?"

소희는 혜언을 발견하고 웃으며 다가가는데 머리가 지끈 아파졌다. 혜언, 정혜, 그리고 자신의 아버지의 모습을 보는데 뒤돌아 있는 정혜의 뒷모습에서 자신의 어릴적 일이 겹쳐졌다. 소희가 눈을 질끈 감고 손을 머리에 대자, 혜언이 다가왔다.

"너 괜찮아? 왜 그래?"

"아니…. 이모. 아니에요. 저 머리가 좀 아파서 가볼게요."

"너 손에 있는 이건 뭐야?"

"아…. 아니에요."

소희는 선물을 도로 들고 가버렸다.

소희가 중학교 2학년이었던 시절.

학교를 마치고 혜언의 딸 제이와 함께 집에 가는길, 편의점 앞에서 호빵이 사단 둥근 트레이에 올려져 뱅글뱅글 돌아가며 익고 있었다.

“와, 아직 호빵이 있네? 겨울도 지났는데. 이거 엄마 주면 좋아하겠다.”

“그런데 너 엄마 오늘 안 계시지 않아? 어제 여행 가셨다며.”

“아, 그렇네. 근데 내일은 안 팔 수도 있으니 일단 사서 냉장고에 뒀다가 내일 주면 되지 뭐.”

평소 소희가 호빵을 좋아하는 이유로, 어머니도 호빵을 좋아한다고 말하며 소희를 위해 자주 사 오셨다. 소희는 호빵을 사 들고 평소보다 일찍 집으로 향했다. 소희의 집은 붉은 벽돌로 지어진 이층집이었다. 1층에는 다른 세대가 세 들어와 살고 있었고, 이층이 소희의 집이었다. 밖에서 문을 열고 이층으로 올라갔다. 집에 아직 아무도 없을 줄 알았는데 불이 켜져 있었다. 오빠가 먼저 와있나 보다 하며 집 현관문을 여는데, 거실 끝 주방 앞에서 두 사람의 모습이 보였다. 자신의 아버지와 어떤 여자가 진지하게 대화를 나누고 있었다. 소희는 차마 들어갈 수도 나갈 수도 없었다. 문을 살짝 열고 있는 상태에서 소희는 소리를 내지 않기 위해 문을 그대로 잡고 서 있었다. 두 사람의 대화는 이랬다.

"오늘따라 너무 예쁘다. 나는 이렇게 자기관리 잘하는 여자가 좋아. 이 나이 되도록 어떻게 이렇게 예쁘지? 내가 결혼을 너무 빨리 했어. 일 년만 늦게 했어도 자기랑 결혼했을 텐데…."

"어우, 오빠. 우리 이렇게 만나면 되죠 뭐. 다 같이 친하니까 의심받을 일도 없고. 얼마나 편해요."

아버지와 여자는 서로 껴안았다. 소희는 너무 놀라서 그대로 문을 닫고 나가버렸다. 다리가 떨려서 멀리 가지도 못하고 집 맞은편에 있는 좁은 골목 사이에 몸을 넣고 웅크려 앉았다. 이럴 땐 어떻게 반응해야 할지 머릿속이 깜깜했다. 무언가가 머리를 짓누르고 있는 느낌이었다. 그때, 골목 왼쪽에서 여행 중이어야 할 소희의 어머니가 걸어왔다. 소희는 겁에 질려버렸다. 일어나서 집 안으로 못 들어가게 말려야 할지 어떻게 해야 할지 몰랐다. 어머니는 결국 문을 열고 들어갔고, 안에서는 뭔가 큰소리로 다투는 소리가 들리더니 소희의 어머니가 달려나왔다. 어머니가 다리를 접질리는 것 같더니, 뭔가 무거운 것이 떨어지는 소리가 들렸다. 소희는 고개를 숙여버렸고 곧 다시 고개를 들자, 어떤 여자가 어머니가 걸어왔던 어두운 골목으로 뛰어가더니 금세 사라졌다. 아버지는 계단 위에서 두 손으로 머리를 감싸고 있었다. 구급차가 오고 주변에 사람들이 몰리더니 소희의 부모님이 평소에도 사이가 안 좋은 것 같긴 했다, 왜 저 위에서 혼자 떨어졌겠냐, 라고 하며 사람을 죽일 듯이 악플 같은 말들로 수군거렸다.

10

친구의 달콤한 부탁

아침이 되어 세아는 뜨거운 물이 담긴 욕조에 푹 잠겨 있더니 샤워를 하고 거실로 걸어 나왔다. 젖은 머리를 수건으로 닦으며 커피를 내리러 주방으로 들어갔다. 캡슐을 커피머신에 넣고 버튼을 누르자 고소한 커피 향이 풍겼다. 커피가 다 내려지자 그녀는 커피를 들고 발코니로 나왔다. 천천히 커피를 마시며 가만히 서서 하늘을 바라봤다.

이날 햇볕이 참 따뜻했다. 바람도 시원하게 불어와 나뭇잎들끼리 부딪히며 사사사삭- 하는 소리가 참 따뜻하게 들렸다.

그곳에 내려앉은 햇살이 나뭇잎에 빛을 더해줬다.

우진은 책방 서가에서 책을 정리하고 있었다. 손님이 와서 삼촌에게 쪽지를 건네주며 거기에 쓰여있는 책이 있는지 물어봤다. 삼촌은 안쪽에서 책을 정리하던 우진에게 책을 찾아 달라고 말했지만, 우진은 대답이 없었다. 삼촌이 다시 불러도 우진은 계속 멍하니 한 책만 바라보고 있었다. 세아가 알려줬던 영화로 제작됐다는 소설책이었다. 삼촌이 우진에게 가까이 와서 그의 어깨를 툭 치며 불렀다.

"너 뭐 하는 거냐?"

"네? 저 불렀어요?"

"하…. 너 정신 좀 차려. 혜라 왔다 가고 나서부터 완전 넋이 나갔구만. 이 책 좀 찾아봐. 저 손님이 찾으니 네가 찾아서 가져다 드려."

누가 세아가 있는 집의 문을 두드렸다. 누구지? 라는 생각에 세아가 현관으로 가서 문을 여니 희수가 큰 소리로 세아를 반기며 안아주었다. 어머니의 상태가 생각보다 나쁘지 않아서 세아와 시간을 좀 보내고 짐을 다시 제대로 챙겨 가기 위해 온 것이다.

"야! 너 혼자 뭐 하고 지낸 거야! 좀 돌아다녔어? 미안하다. 너 여기까지 왔는데."

"네가 미안할 게 뭐 있어. 이럴 때 내가 와있는 게 미안하지. 어머니는 괜찮으신 거지?"

"응. 괜찮아. 내가 너무 정신없이 가느라 뭐 챙겨 가질 않아서, 다음 달에 내 짐도 좀 제대로 챙기고 친구들, 친척들 선물이라도 사서 다시 가려고. 마침 이번 달이랑 다음 달 쉬고 있으니 시기가 잘 맞아서 다행이기도 하고. 그럼 난 좀 씻어야겠다. 나갈 준비 하고 있어. 이 언니가 또 관광을 시켜줘야지. 기다려."

"너 방금 왔는데 좀 쉬어야 하지 않아? 좀 쉬다가 나가도 돼."

방으로 들어가던 희수가 날짜를 확인하더니 말했다.

"오, 맞아! 그래. 그러면 되겠다. 너 책 좋아하지? 와인 좋아하는 사람들끼리 모이는 모임이 있어. 한 달에 한 번씩 만나거든. 열 명이 모이는데, 가끔 친구들도 데려오기도해. 각자 바빠서 다는 못 모이거든. 인원수 추가해주면 다들 좋아할 거야. 콜?"

세아는 신이 나서 말하는 희수를 보고 알겠다며 고개를 끄덕이더니 물었다.

"그런데 와인 모임이라면서 책 좋아하냐는 건 왜 물은 거야? 와인 마시면서 책도 읽나?"

"아, 내가 그 말은 안 했네. 그중에 책 쓰는 작가가 있어. 한국에서 책을 내서 베스트셀러가 됐는데, 또 그 책을 작가가 직접 번역해서 프랑스에도 책을 낸 거야. 프랑스에 나온 지는 얼마 안 돼서 여기 반응은 아직 모르겠고. 아무튼 대단하지 않아? 모임에 나오신 거는 얼마 되진 않았어. 오늘도 오시면 좋겠다. 그런데…. 사실 모이는 멤버들 다 싱글이야. 너도 그냥 하루 만나는 거니 싱글인 척해." 라고 희수가 말하며 눈을 동그랗게 뜨고 어깨를 으쓱하더니 이어 말했다.

"솔직히 너 결혼하고 친구들이랑 제대로 모이기라도 했니? 이런데서 한 번씩 놀면 좋잖아. 인생 짧다 너! 유라만 보고 살다가 죽는다고 생각해봐. 너 인생 두 번 살 것도 아니고 얼마나 마음이 아프니…. 너 인생을 좀 살아봐. 유라가 너 그런다고 알아주지도 않아. 조금만 더 지나서 걔 사춘기 와봐라. 엄마들 그때 가서 후회하는 거야."

"이렇게 노는게 내 인생 사는 거야? 엄마로서 사는 것도 내

인생이지. 난 네가 생각하는 것처럼 그렇게 고달프지 않다."

"그런데 마음 답답하다고 하면서 여기까지 혼자 왔다고?"

희수가 입을 삐쭉 내밀더니 이어 말했다.

"부탁이야. 응? 나 어깨 한번 펴보자. 나도 이렇게 예쁜 친구 있어요! 하고 자랑 좀 하게. 응? 가서 그럼 싱글이라는 말도 하지 말고 그냥 내 옆에 앉아서 이렇게 입꼬리 살짝 올리면서 새침하게 미소만 짓다가 와인 맛도 좀 음미하고 그러고 와. 금방 나오자. 응? 제에발. 친구야."

"그럼 정말 입 다물고 가만히만 있는다. 나 거짓말하면 얼굴에 다 티 나는 거 알지? 입다물고 너 옆에서 인사만 하고 와인만 마시고 올게. 금방 나오는 거다! 이게 무슨 일이니 참."

1 1

파리의 와인 바

와인 바에 사람들이 하나둘씩 모이기 시작했다.

문을 열고 안으로 들어가려고 하니, 입구에 얇고 긴 탁자 위에 예약자 명단이 놓여있었고, 그 앞에 서있는 남자가 희수와 세아에게 예약했냐고 물었다. 안에서 음료를 서빙하고있던 직원이 매달 여기에 오는 희수를 알아봤는지 잘 지냈냐고 물었다. 희수는 자신을 알아본 직원과 둘이 유창한 프랑스어로 뭐가 신이 났는지 웃으며 유머 같은 대화를 주고받았다. 안으로 들어가니, 왼쪽에는 계산대가 보이고 오른쪽에는 바 형태로 되어있는 곳에서 두 커플이 앉아 와인을 마시고 있었다. 시선을 와인 바 중간으로 돌리니, 안쪽에 희수의 친구들 같은 사람들이 앉아 있었다. 희수와 세아가 자리를 잡고 의자에 앉으니, 사람들은 희수에게 세아를 인사시켜달라고 했다.

"내 친구야. 예쁘지? 번호는 달라고 하지 마라. 곧 다시 한국으로 간다. 일주일만 있다가 가는 거라 다른 데도 좀 들러야 해서 우린 조금만 있다가 먼저 나갈 테니 이따 잡지 마라."

이렇게 희수가 세아를 소개하더니 혼자 피식 웃었고, 옆에 있는 세아는 눈에 띄지 않게 조그만 목소리로 사람들에게 인사했다.

한 삼십 분쯤 지났을까. 와인 바 문을 열고 누군가가 들어왔다. 키는 183-4센티 정도, 위에는 짙은 남색 재킷에 아래는 핏이 잘 정리된 베이지색 바지를 입고 있는 우진이었다. 우진이 세아를 먼저 알아보고 인사했다.

"어? 안녕하세요."

세아에게 인사를 하더니 걸치고 있던 재킷을 벗자, 안에는 회색 니트를 입고 있었고, 손목에 차고 있는 검은색 시계도 보였다.

다시 마주칠 줄 모르고 속마음을 마구 털어놓았던 세아는 얼굴이 붉게 달아올랐다. 그 모습이 상대방에겐 왠지 쑥스럽거나 부끄럽게 보였다. 우진의 옆에 앉은 그의 오랜 친구 은선이 우진을 자신의 팔로 툭 쳤고, 얼굴에 미소를 잔뜩 띠며 물었다.

"뭐야 뭐야. 누구셔? 아는 사이야? 무슨 사이인데?"

갑자기 분위기가 조용하게 흘렀다. 주변 사람들은 모두 우진과 세아를 한 번씩 번갈아 가며 쳐다봤다. 잠시의 정적을 깨고 희수 옆에 있던 경호가 조금 격양된 목소리로 말했다.

"야, 하은선! 무슨 사이긴. 형은 혜라 씨가 있는데, 너네 다들 표정 봐라. 너무한 거 아니냐? 그만 좀 해라."

우진은 아무 말 없이 고개를 저으며 지금 상황이 재미있는지 살짝 웃었다. 그가 뭐라고 말하려고 입을 때려고 하는데 혜라가 나타났다. 다들 놀라서 안으로 들어오는 혜라에게 시선이 고정됐다.

"안녕하세요. 우진 오빠가 매달 25일이면 여기 온다는 걸 들어서 저도 한번 와봤어요. 다들 저 아시죠? 반가워요."

혜라는 우진에게 팔짱을 끼고 밝게 웃으며 그를 바라봤다. 그녀는 그에게 금방 입이라도 맞출 듯 가까이 안겼다. 세아는 우진에게 딱 붙어있는 혜라가 우진이 전에 말했던 12년 만나며 자신을 힘들게 하는 여자친구라는 걸 알게 됐다. 그런데 자세히 보니 언젠가 드라마에서 많이 봤던 배우였다. 세아는 놀라서 입이 벌어지려고 했지만, 금세 정신 차리고 차분하게 있었다.

다들 놀라서 아무 말 못하고 있는데, 혜라 옆에 앉아있는 세희가 조심스럽게 인사했다.

"안녕하세요. 드라마 잘 봤어요. 결말이 완전 반전이었어요. 저는 그 범인이 완전 다른 사람인 줄 착각하면서 봤다니까요. 그 사람일 줄 몰랐어요."

더 놀랄 일이 생겼다. 밖에서 프랑스인으로 보이는 남자가 와인 바 안으로 걸어 들어오고 있었다. 문을 향해 앉아 있는 세아가 제일 먼저 그 남자와 눈이 마주쳤다. 이쪽으로 오진 않겠다 싶었지만 이내 이 남자는 혜라 옆에 앉았다. 혜라가 놀라서 눈이 동그래졌고, 그 옆에 앉은 우진은 더 놀란 듯 보였다. 아니, 화가 난 듯 보였다. 혜라가 놀란 목소리로 프랑스어로 뭐라고 말하더니 그 남자를 데리고 화장실 쪽 통로로 들어갔다. 우진의 표정이 급격하게 어두워졌다. 분명 일어나서는 안 될 일들이 벌어졌다는 것을 모두가 느끼고 잠시 적막이 흘렀다. 세아는 자신이 우진에게 들었던 모든 것들이 이렇게 갑자기 눈 앞에 펼쳐지니 그의 앞에 앉아있는 것만으로도 불편하고, 왠지 눈치도 보이는 것 같아 화장실에 다녀오겠다며 급하게 자리에서 일어섰다.

세아가 화장실로 들어가려고 하는데 화장실 입구 옆에서 남자와 혜라가 다투는 듯 대화하고 있었다. 남자는 혜라에게 입을 맞추기 시작하더니 더욱 진하게 키스해버렸다. 세아가 너무 놀라 화장실로 들어가지 못하고 다시 돌아 나오는데 우진이 화장실 쪽으로 오고 있었다. 세아는 잠시 망설이더니 우진을 손목을 잡고 주방으로 향하는 옆 통로로 데리고 갔다. 그는 왜 그러냐는 듯이 쳐다봤고, 세아가 어쩔 줄 몰라 당황하고 있는데 혜라와 남자가 뒤에서 지나갔다. 세아는 우진에게 죄송하다고 말해버리고 화장실로 급하게 들어갔다. 우진은 세아 뒤로 지나간 혜라와 남자, 그리고 당황하는 표정으로

자신을 이쪽으로 데리고 온 세아를 보고 무슨 상황인지 짐작했다.

12

술기운

전날 밤 와인에 너무 취해서 그랬을까, 세아는 창문도 제대로 닫지 못하고 잠이 들었다. 창밖에서 밝게 노래하는 새소리를 들으며 세아가 눈을 뜨려고 했다. 하지만 햇살이 너무 밝아 눈을 제대로 뜨기 어려웠다.

"아…. 왜 이렇게 힘든 거지? 와인 딱 두 잔 마신 것 같은데…."

세아가 침대에서 일어나 앉으며 머리를 한번 쓸어 넘기더니 한숨을 푹 쉬었다. 희수가 세아의 방문을 노크했다.

"일어났어? 하-암 너무 피곤하다. 일어났으면 나와. 커피라도 마셔야 술 좀 깰 것 같다."

세아는 슬리퍼를 질질 끌며 걷는 걸 참 싫어했는데, 지금은 그렇게라도 걷는 것조차 대단하다고 느낄 정도로 매우 힘들어 보였다.

거실로 나오니 희수가 소파와 한 몸이 된 듯 소파에 푹 파고들어 누워있었다. 세아는 커피 머신 앞으로 가서 커피 내리는 동안 서있기도 힘들어 그 앞에 풀썩 주저앉아버렸다. 커피가 다 내려지자, 소파 옆에 있는 푹신한 일인용 의자에 세아가 커피를 들고 풀썩 앉다가 커피를 무릎 위에 살짝 쏟았다.

"세아야, 너 괜찮아? 어제 많이 마시더라."

"정말? 나 한 잔 마시고 두 번째 잔은 몇 모금 안 마신 것 같았는데."

"아냐. 너 정말 기억 안 나? 우진 씨랑…."

"왜??"

갑자기 세아가 우진이라는 말에 놀라 물었는데 희수가 일부러 뜸을 들였다.

"뭔데…. 말해줘 봐. 나 뭐 실수했어?"

"아니…. 어제 그 작가분 여자친구 오셨었잖아."

"작가분이 누구야?"

“우진 씨. 너 근데 정말 아는 사이야? 어제 물어본다는 게 못 물어봤네.”

“아…. 그분이 작가였구나. 아니. 나 책방에 책 좀 보려고 들렸는데 거기에서 마주쳤…. 아니구나. 공항에서…. 아니…. 카페…. 하아…. 모르겠다. 아무튼 그분 책방에서 마주쳤었어. 그냥 잠깐.”

세아는 굳이 강가에 우진과 같이 들러서 대화한 내용은 언급하지 않았다. 무언가 오해가 될 만한 이야기는 하지 않는 게 좋을 것 같다고 생각했다. 희수는 세아의 말투가 의심스럽다는 표정이었지만 지금은 자기도 힘들어서 더 이상 묻지 않고 어제 일을 설명했다.

“어제 우진 씨. 여자친구분이랑 어떤 남자랑 왔다가고서 계속 표정이 안 좋아 보였어. 그거는 기억나? 아무튼 우진 씨가 표정이 안 좋았는데 네가 우진 씨 눈치 보는 표정이더라? 네가 너무 안절부절 못하길래 내가 와인이나 마시라고 했더니 넌 또 거부 안하고 계속 혼자 홀짝홀짝 마시는 거야. 나중에는 네가 너무 취한 것 같아서 내가 너한테 그만 마시고 바람 좀 쐬고 오라고 했어. 그런데 너가 나가서 계속 안 들어오는 거야. 그래서 내가 나가보려고 했더니 우진 씨가 일어나면서 자기도 바람 좀 쐬고 싶다고 자기가 나가겠다면서 나가더라고. 그렇게 하고 우진 씨가 너 부축해서 들어왔었어. 난 내일 너한테 둘이 무슨 이야기 했냐고 물어보려고 했는데. 너 정말 기억 안 나는 거야? 아…. 궁금해 죽겠네…. 나가서 꽤 있다가 들어왔거든."

세아는 놀라고 당황해서 어떻게든 기억해 내고 싶었지만 생각해내려고 하면 할수록 머릿속은 텅 비어버렸다. 요즘 부쩍 자신이 이상했고, 무기력하게 느껴져서 이달 초에도 혼자 맥주 한잔 마시고도 너무 취해 힘들어했던 게 기억이 났다.

"하아…. 어제 마시지 말았어야 했어. 기억이 안 나. 나 뭐 실수한 건 아니겠지?"

세아는 거의 울 것 같은 표정이었다. 희수는 또 다시 입을 열었다.

"너 그럼 그것도 기억 안 나? 돌싱…."

"뭐? 하아…. 그건 또 뭐야?"

"너 옆쪽에 앉아있던 그 주황색 원피스 입고 있던 언니랑 대화한 거 기억 안 나는 거야?"

세아는 고개를 마구 저으며 모르겠다고 힘이 다 빠진 목소리로 말했고, 시선은 갈피를 잃어 멍하니 바닥으로 떨어졌다.

"그 언니가 돌싱이라는 거 너한테 밝히니까 너가 그래서 기분이 어떻냐, 이혼하면 편하냐, 아기는 있냐 없냐, 그럼 지금은 뭐 하시냐는 둥 자꾸 이런 걸 물어보는 거야.”

“내가…? 그렇게 실례되는 질문을 하다니…. 그래서 그분은 뭐라고 하셨어? 화나셨겠다….”

세아는 거의 기절 직전이었다.

“그래서 그 언니는 네가 막 질문하니까 그래도 대답은 해줘야 싶었는지, 아니면 그 언니도 좀 취했는지 다 대답해주더라고. 아기 낳고 일 년도 안 돼서 이혼했다고, 육아 안 도와주는 남편 때문에. 그런데 그 언니가 아기를 자기가 안 키우고 남편한테 보냈거든. 남편이 아기 잘 못 볼 줄 알았는데, 보면 남편이 아기한테 애정도 많고 잘 키우고 있더래. 돌이켜보니 자신이 그땐 산후우울증이라 힘들어서 잘못 생각하고 있던 거라고 하면서 다시 합치고 싶다고 얘기하더라. 그러니까 너는 한숨을 푹 쉬더니 와인을 더 마시려고 해서 내가 말리고 너 이대론 실수라도 하겠다 싶어서 집에 데리고 왔어.”

세아는 그 장면이 흐릿하게 기억나는 것 같았다. 그 언니의 답에 세아도 유라 아빠가 자신한테 잘하고 있는데 혼자 못 느끼고 있는건가 생각해봤던 기억이 났다. 하지만 이 부분 외에는 도무지 기억이 나지 않아 답답했다. 제일 궁금한 건 우진과 밖에서 뭘 했냐는 거였다. 기억해내려고 해봤지만 소용없었다. 그때 희수가 간단히 상황을 정리해주는 듯 말했다.

"우진 씨 만나봐!"

"뭐?"

"아니…. 만나서 물어보라고. 네가 뭐 실수라도 했나 확인은 해봐야 할 거 아냐."

"아니야. 부끄러워서 그걸 어떻게 물어봐. 나도 내가 이렇게 남 앞에서 취해본 게 처음인데…. 더 알고 싶지 않아."

"마음대로 해라. 오늘 너 속은 어때? 나갈 수 있겠어? 집에만 있을 거야?"

세아는 아무 말도 들리지 않았다. 우진과의 일을 기억해내려고 머리를 짜냈지만 희미하게라도 떠오르는 것이 없어 머리채만 헝클어트렸다. 자신의 마음을 달래 보기 위해 선택한 프랑스행이었지만, 일이 이렇게 되어 잘 알지도 못하는 희수의 지인과 큰 오해라도 생기면 어쩌나 하는 더 큰 고민이 붙어버렸다. 프랑스의 시원하고 청량한 공기와 바람, 그리고 자유가 며칠 동안 자신의 마음을 따스하게 달래 주었고, 마지막 날까지 이 행복이 지속될 거라고 믿었던 것에서 뭔가 방해받은 느낌이었다. 다시 우진을 만나면 안 되겠다고 다짐했지만, 그날의 궁금증은 세아의 머릿속을 계속해서 괴롭혔다.

지석의 사무실은 저녁까지 바쁜 업무로 불빛이 환하게 켜져 있었다. 며칠 동안 이루어진 작업에서 문제가 생겼다. 아직 작업이 마무리 되지 않았는데 집주인과 연락이 안 되는 것이었다. 지석의 아버지는 집주인에게 무슨 일이 생겼을지 모르니 계속 연락해보라고 했지만, 연락두절이었다. 이벤트라는 것이 업체에서 광고비도 받고 지원도 받아서 설치해주는 거라 완성 사진도 멋지게 찍어서 올려야 하는데 그걸 하지 못하면 위약금도 물어야 하고 아주 골치가 아파졌다. 다른 직원들도 고생이란 고생은 다 하고 마무리를 못 하니 기가 막힌다며 집주인 흉을 보기 시작했다. 생긴 것도 그렇게 생겼다는 둥, 사연도 성의 없게 쓰더라니 등등 너나 할 거 없이 사람 죽일 것 같은 악플 같은 대화를 이어나갔다. 골치 아팠던 지석은 직원들에게 조용히 다른 업무하라며 소리를 치더니 문을 세게 닫고 방으로 들어가 버렸다.

지석은 집주인과 카페에 갔을 때 혹시라도 자신이 실수라도 했나 싶어서 그날을 떠올려 봤다.

사건은 이랬다.

지석은 여자와 카페에 가서 커피를 주문해 창가에 있는 테이블에 앉아 대화하고 있었다. 작업 진행에 관해 대화하다가 지석은 여자에게 과거에 어떤 사업을 했었는지 물어보았고, 여자도 별 거리낌 없이 지석이 질문하는 것마다 모두 대답해줬다. 어느 정도 두 사람의 대화가 자연스러워지자 지석이 이렇게 말했다. 그것도 여자의 얼굴과 몸을 훑어보면서. (참고로, 여자는 유럽 어디엔가 살았다면서 영어 이름을 쓰고 있었다. 유럽 어딘지는 밝히지 않았다.)

"로렌 씨는 자기관리를 참 잘하시나 봐요. 얼굴도 딱 요즘 시대에 이상적이고, 몸매도 그렇고. 운동은 매일 하세요? 전 이렇게 자기관리 잘하는 사람이 좋아요. 더 신뢰감도 있고. 요즘엔 이렇게 말하잖아요. 얼굴 예쁘면 성격도 좋다고. 못생기면 그 값을 꼭 한다고."

지석은 이렇게 말하더니 침이 튀길 정도로 크게 웃었다. 여자는 뭐가 그렇게 재미있는 건지 몰라 얼굴을 찡그렸지만 그래도 자신에게는 칭찬해주었으니 흘려 넘겨버리고 금방 일어나자고 했다.

결국 해결책을 내지 못한 직원이 먼저 퇴근해도 되는지 물어보려고 지석의 방으로 들어가려고 하는데, 또각또각 하이힐 소리가 문밖에서부터 들려왔다. 문이 열리니, 지금 애타게 찾고 있는 로렌이었다. 눈이 마주친 직원은 로렌에게 다가가 구십도 보다도 더 고개 숙여 인사했다. 반가워서일까 아니면 예쁜 여자에게 보이는 자연스러운 반응일까, 옆에 있던 여직원이 고개 숙여 인사한 직원을 한번 흘겨봤다.

로렌는 지석이 혼자 있는 걸 확인하더니 노크하고 문을 열었다. 로렌을 본 지석은 놀라서 벌떡 일어났다. 로렌은 지석에게 가까이 다가가서 말했다.

“사과하세요.”

“네? 무슨 말이에요?”

“저 성희롱하셨었잖아요. 위아래로 훑어보면서 예쁘니 어쩌니 하면서. 지금 사과 안 하시면 저 정말 어떻게 할지 모릅니다.”

지석은 바로 로렌에게 사과하고 제발 작업을 마무리 할 수 있게 도와달라고 부탁했다. 로렌은 지석의 컴퓨터 옆에 놓여있는 포스트잇에 뭔가를 적더니 그대로 두고 나갔다. 지석은 후다닥 로렌을 따라 나가서 다시 한 번 죄송하다며 사과하고 들어왔다.

'내일 저녁 7시 Lauren's place'

"로렌스 플레이스? 자기 집으로 오라는 거야 뭐야? 밑에 적혀있는 주소는 집 주소가 아닌데…. 뭐 하는 데지?"

13

그날의 기억

푸르게 펼쳐진 파리의 가을 하늘을 구름이 서서히 가리기 시작하더니, 곧 비가 시원하게 쏟아졌다. 거리에서 서로의 온기를 느끼며 따뜻하게 붙어있던 커플들이 건물 안으로 들어갔다. 차에 달린 와이퍼들은 바쁘게 움직였다. 비 내리는 소리가 이토록 시원하고 듣기 좋은지 세아는 처음 알았다. 그녀는 발코니로 나와 좌아악 쏟아지는 빗소리를 들으며 따뜻한 카모마일 티를 마셨다.

"희수야, 어차피 오늘 못 나가겠다. 비가 많이 내려."

"그럼 우리 그 작가님 책방에 가 볼래? 책 사는 것처럼 가서 슬쩍 물어봐. 어제 혹시 무슨 실수라도 했는지. 아무래도 물어보는 것이 낫지 않을까? 정말 혹여나 실수라도 했으면, 너 나중에 오해라도 생기면 어떻게 하려고."

세아는 언제 또 볼지도 모르고 그냥 넘어가는 편이 나을 것 같다고 결정지었지만, 희수의 말에 흔들리기 시작했다. 정말 실수로 여자친구의 이야기를 했다거나, 강변에 갔을 때처럼 자신의 이야기를 모두 털어놓은 건 아닐지 자꾸만 궁금증이 일었다.

결국, 그들은 우진의 책방에 갔다. 희수가 먼저 들어가서 우진이 있나 확인하더니 세아를 데리고 들어갔다. 우진은 없었고, 희수는 어차피 할 일도 없으니 책방을 둘러보면서 기다려보자고 했다. 세아는 이 상황이 매우 불편했다. 차라리 우진이 나타나지 않았으면 했다가, 만나서 물어보고 실수라도 했으면 사과라도 해야겠다고 생각했다가 결국 머리가 너무 아파서 주저앉아버렸다. 빈혈이 심해진 건지 다시 일어나기 힘들 정도로 힘들어했다. 지난 달에도 한국에서 빈혈기가 생겨 이런 적이 있었는데 또다시 반복된 것 같았다. 책방 직원이 의자를 가져다줘서 잠시 앉아 있으니 좀 괜찮아졌다. 희수에게 그만 가자고 하고 책방을 나오는데 우진이 들어왔다.

"어? 안녕하세요. 책 보러 들르신 거예요?"

어쩐지 우진의 표정이 어색해 보였다. 세아는 더 궁금해졌다. 바로 물어보는 것도 예의가 아닌지라 어떻게 뭐라고 이야기를 꺼내야 할지 몰라 망설이고 있는데 세아의 성격을 아는 희수가 먼저 말했다.

"나는 나가 있을게. 우진 씨, 우리 오늘 책 보러 온건 아니고요, 얘가 필름이 끊겼는지 우진 씨랑 어제 와인 바 앞에 바람 쐬러 나갔을 때가 기억이 나질 않는데요. 무슨 실수라도 했는지 걱정하길래 제가 데려온 거예요. 직접 물어보라고. 저는 그럼 나가 있을게요."

희수는 처음에는 조심스럽게 말하는 듯 하더니, 말끝에는 웃음을 터트릴 듯한 표정으로 말하더니 뒤도 안 돌아보고 나가버렸다. 세아는 얘가 무슨 이야기를 하고있나 하며 당황해서 우물쭈물 서있었다. 우진과 같이 이렇게 어색하게 있는 것도 불편했다. 금방이라도 다시 힘이 풀려 주저앉을 것 같았다. 어색한 정적을 끊으며 우진이 먼저 말했다.

"뒤에 카페테라스로 가서 말할까요? 여긴 좀 그 이야기를 하기가 그래서요."

세아는 도대체 무슨 일이었길래 그런가 눈썹을 한껏 찡그리고 그의 뒤를 천천히 따라갔다. 긴장한 듯이 서있던 세아가 힘이 풀렸는지 옆에 보이는 의자에 먼저 앉아버렸다. 서있는 우진을 올려다 보니 우진도 세아 앞에 자리잡았다.

"먼저 고맙다고 말씀드리고 싶어요. 그때 이 말을 하지 못해서요. 그런데 기억이 안 나신다고 하니 안 해도 되겠다 싶지만 그래도 저는 기억하니까 말할게요."

세아는 무슨 말인지 몰라 뭐라고 해야 할지 몰랐다. 우진이 이어 말했다.

"그때 제가 화장실에 가려고 하는데 저 막으셨던 것도 기억 못 하세요?"

"아, 그건 기억해요…. 그때 제가 우진 씨 밀었던 건 미안해요. 그때는…."

"알아요. 말 안하셔도 돼요. 제가 괜히 전에 제 얘기를 다 해버려서 세아 씨만 불편하게 해드렸던 것 같아요. 세아 씨가 술에 취해 밖에 계실 때 제가 나가니 저한테 이렇게 얘기하셨어요. 왜 참냐고, 가서 두 사람 떼어내야지 왜 따라가지 않고 이렇게 있냐고…. 꼭 저의 모습이 세아 씨 모습 같다며 참지 말라고 잘못한 사람은 따로 있는데 혼자 자책하면서 마무리하려고 하지 말라고, 그렇게 말했어요."

세아는 아랫입술을 깨물더니 고개를 살짝 오른쪽으로 돌렸다. 아무 말도 할 수가 없었다. 얼굴 본 지 몇 번 되지도 않은 그에게 이제까지 누구에게도 터놓지 못했던 모든 것을 들켜버린 느낌에 바닥에 떨어져 있는 나뭇잎이 되어 바람에 몸을 싣고 훨훨 어디론가 날아가 숨어버리고 싶었다. 그때, 테라스 나무 뒤에서 바람이 부드럽게 불어와 두 사람을 스쳤다.

"세아 씨도 저랑 정말 같은 상황인 거예요?"

"아…. 그건…."

세아가 이 질문에는 바로 대답하지 않으면 정말 영영 오해를 살수 있다고 생각해 남편이 있다는 것을 말하려고 하는데 우진의 뒤에서 혜라가 검은색 모자를 푹 눌러쓰고 걸어 들어왔다. 세아는 잘못한 것이 없지만, 왠지 하면 안될 짓을 한 사람마냥 어쩔 줄 몰라 했다. 세아가 우진의 뒤로 시선이 향하니, 우진도 같이 뒤돌아봤다. 혜라의 얼굴은 많이 울었는지 안색이 안 좋아 보였고, 눈도 부어있었다. 혜라는 조용히 다가와서 물었다.

"오빠, 누구셔? 안녕하세요."

우진은 처음에는 당황하는 것처럼 보였지만 세아를 가만

히 쳐다보며 말했다.

"나 좋아하는 사람이 생겼어. 우리 관계는 지난밤에 다 정리된 거야. 이제는 여기에 오지 않았으면 좋겠다. 그럼 나 가볼게."

우진은 혜라에게 복수라도 할 마음인지 세아의 손을 잡고 그 곳을 빠져나왔다. 세아는 이게 무슨 일인가 싶었다. 이런 상황이 올 거라는 것은 짐작도 하지 못했고, 이러려고 싱글 모임에 갔던 것이 전혀 아닌데 머리가 어지러워졌다. 우진의 손이라도 빼려고 해봤지만, 화가 많이 나 있었는지 그의 손에는 힘이 많이 들어가 있었다. 혜라가 우진을 따라오지 않는 걸로 봐서 전날 밤에 이미 두 사람은 많은 대화를 한 것 같아 보였다. 우진의 표정은 전날과 다르게 아주 담담해 보였고, 혜라는 눈에서 눈물이 하염없이 흘러나왔지만 모든 걸 체념한 듯했다.

어젯밤 우진은 혜라에게 찾아가 자신의 생각을 충분히 설명했다. 지난 십이 년 동안이나 사랑해왔지만 더 이상 다른 남자와 있는 그녀를 붙잡고 싶지 않다고. 생각보다 자신이 많이 담담해졌다고 했다. 몇 년을 이렇게 다른 남자와 있는 그녀를 보며 그동안 수없이 헤어짐에 익숙해졌고 자신도 모르는 사이 그녀를 놓고 있었던 것 같다고 했다. 혜라는 우진에게 마지막이라며 한참을 안겨 있다가 눈물을 머금지도 못한 채 뒤돌아서 떠났었다. 하지만 우진과의 연애기간이 꽤 길었기에 마지막까지 남아있는 미련을 끝까지 내려놓지 못하고 오늘 다시 찾아온 거였다.

우진은 세아를 데리고 이층으로 올라갔다. 그곳은 우진과 삼촌이 생활하는 곳이었다. 복도가 길게 나있는 곳에 오른쪽에는 연한 나무색 책장, 연두색 패브릭 소파, 텔레비전이 있는 거실이 있었고, 왼쪽으로는 방 세 개가, 그리고 화장실로 보이는 공간이 거실 옆에 보였다. 그는 거실로 들어가 꼭 잡고 있던 그녀의 손을 내려놓았다. 우진이 한번 머뭇거리더니 세아의 눈을 가만히 쳐다보며 말했다.

"저 세아 씨가 참지 말라고 해서 참지 않은 거예요."

"네?"

세아는 그에게 술에 취해 했던 말을 그가 계속 기억하고 말하는 것에 무척 창피해서 어딘가 숨고 싶어졌다. 어쩐지 그의 얼굴은 그녀를 놀리려고 하는 것도 같고, 정말 진지해 보이기도 했다.

"뭐 저도 이젠 다 들킨 것 같으니 제 얘기도 하나하나 말해

볼게요. 어제 와인 바에서 저랑 혜라 사이에 일어난 일, 다 보셨죠? 이젠 이런 일 보고도 당황하지 않을 만큼 이미 몇 번 있던 일이었어요. 매번 이런 상황 겪을 때마다 이제 그만해야지 그만해야지만 생각하다가 이렇게 오래 끌게 된 건데, 어제 세아 씨의 조언을 듣는데 누군가가 저한테 이젠 좀 정신 차리라고 뒤통수라도 한 대 때려준 기분이었어요."

"아, 정말요? 죄송해요. 제가 우진 씨 뒤통수를 때렸어요? 말도 안 돼. 제가 왜 그랬을까요. 정말 죄송해요."

우진은 자신의 말을 잘못 이해하고 연신 사과하는 세아를 보고 자기도 모르게 환하게 미소를 지어버렸다.

"정말 세아 씨가 그랬다는 건 아니고요. 그런 기분이 들었다는 거예요. 저 이젠 혜라랑 정말 헤어지려고 해요. 좀 전에 제가 혜라 앞에서 세아 씨한테 한 말은 실례가 된 것 같은데 미안해요."

"아니에요. 이해해요."

"그런데 세아 씨는 한국에 언제 들어가세요? 일주일 뒤에 가신다고 했었죠?"

"네? 아…. 저는 이틀 뒤면 가요."

갑자기 세아의 가슴이 먹먹해지더니 숨이 잘 쉬어지지 않는 느낌이었다. 세아는 가슴을 붙잡고 주저앉아버렸다.

"괜찮으세요?"

세아는 고개를 저었고, 말이 나오질 않았다. 우진은 세아를 자신의 방으로 데리고 가 침대에 누울 수 있게 도와주고 바로 내려가 희수를 불렀다. 희수는 세아를 보자 술병 난 것 같다며 약을 사 오겠다고 했지만, 우진은 나가려는 희수에게 세아 곁에 있어 주라고 하고 혼자 약국으로 갔다. 우진이 다시 돌아오니, 희수도 전날 마신 와인 때문인지 피곤에 취해 세아 옆에 엎드린 채로 잠들어있었다. 그는 잠들어 있는 세아를 가만히 바라봤다. 그리고 생각했다. 이 여자를 정말 좋아하는 건지 아니면 이 감정이 무엇일지.

14

Lauren's place

한국에서는 해가 지고 날이 어두워지자, 바람이 강하게 불기 시작했다. 사람들이 걸치고 있는 옷은 카디건에서 두꺼운 점퍼 혹은 코트로 두꺼워졌고, 나무에 붙어 흔들리던 나뭇잎들도 제법 많이 떨어졌다.

지석은 사무실에서 퇴근하지도 못하고 창가에서 책상으로, 다시 책상에서 창가로 이리저리 돌아다니고 있었다. 손에는 전날 로렌이 남겨둔 쪽지를 쥐고 있었다. 시간은 벌써 여섯 시였다. 로렌이 만나자고 이야기한 건 일곱 시. 혹시나 가지 않으면 그녀가 자신을 성희롱으로 신고할지도 모른다는 생각이 들어, 급하게 재킷과 가방을 챙겨 밖으로 나갔다. 사무실에서는 분명 얼굴이 안 좋아 보였던 것 같은데, 운전하면서는 왠지 얼굴이 피더니 혼자 이렇게 중얼거렸다.

"그래, 나 아직 젊다. 뭐, 이런 일 저런 일 다 해보면서 사는 거지. 그래! 오빠가 간다!"

지석이 건물 앞에 주차하며 내부를 들여다보니 이곳은 레스토랑이었다. 레스토랑 안으로 들어가는 문 옆에 놓여있는 칠판같이 생긴 검은색 입간판에는 프랑스어와 한국어로 메뉴 몇 가지가 적혀 있었고, 내부는 왠지 유럽의 작은 마을에 가면 있을 것 같은 아늑한 모습의 인테리어였다. 카페 같기도 하고 레스토랑 같기도 한 분위기에 더해 안에서는 프렌치 음악 샹송이 나오고 있었다. 조명은 연한 노란빛과 주황빛 사이의 색이었다. 테이블마다 하얀색 바탕에 연한 빨간색 선이 그물처럼 가로 세로로 얽혀있는 천이 덮여 있었고, 민트색 페인트가 칠해진 나무 의자들이 테이블 옆에 놓여있었다. 테이블에 놓인 코카콜라 병 모양 꽃병에 든 주황색 드라이플라워도 인테리어에 한몫했다. 벽 이곳저곳에는 프랑스 곳곳의 풍경을 담은 그림이 있었고, 제인 오스틴을 떠올릴 만한 바스 거리의 여인들 같은 그림들도 보였다. 하지만 지석은 인테리어에는 그다지 관심이 없어 보였다. 그저 로렌이 어디에 있을까만 생각하며 두리번댔다.

직원으로 보이는 한 남자가 오더니, 지석에게 일행이 있는지 물었다.

"아…. 네. 여자 한 분 오실 거예요."

"그럼 이쪽으로 앉으세요."

지석은 남자가 안내하는 곳에 자리를 잡고 앉았다. 시간은 일곱 시 십오 분. 그때까지도 로렌은 나타나지 않았다. 조금 더 기다리니 남자가 주문을 받으러 왔다. 지석이 나중에 주문하겠다고 하자, 남자는 식전에 마시는 애피타이저 와인 한 병을 추천했다. 지석은 얼떨결에 알겠다며 그걸로 달라고 하고 문만 바라보며 로렌을 기다렸다. 지석이 와인 한 잔을 비울 때쯤 로렌이 지석의 뒤에서 걸어와 그의 앞에 앉았다. 지석이 놀라서 꼬고 있던 다리를 펴고 벌떡 일어나 고개 숙여 인사했다.

"안녕하세요. 아직 주문 안 하고 기다렸어요. 뭐 드실래요?"

"제가 주문했어요. 달팽이요리도 드세요?"

"네. 저는 뭐든 잘 먹어요."

지석은 자신의 시선을 로렌의 얼굴에만 고정했다. 하지만 로렌은 짧은 치마 아래로 길게 뻗은 다리를 꼬더니 테이블 밖으로 쭉 빼서 지석의 시선이 자신의 다리로 오게 했다. 약간 취기가 있던 지석은 로렌의 다리를 한번 쳐다보더니 정신차리기 위해 고개를 저었다. 남자가 추천해준 와인이 꽤 도수가 높은 것 같았다.

"그때는 죄송했습니다. 그렇게 생각하실지 몰랐습니다. 작업은 언제 다시 시작할 수 있을까요? 그런데 오늘은 왜 여기에서 뵙자고 하신 건지…. 여쭤봐도 될까요?"

"제가 여기 오너예요."

"네? 아…. 그래서…."

"일단 식사부터 하고 얘기해요."

두 사람은 별다른 얘기 없이 코스별로 서빙되어 나오는 음식들을 먹었다. 다 먹을 때쯤에는 손님이 한 명도 남지 않았다. 어쩐지 주방에도 아무도 없는 것 같았고 레스토랑 안에는 지석과 로렌만 있는 듯했다. 로렌이 조용하게 입을 열었다.

"성함이…. 지석 씨 맞죠?"

"네. 강지석입니다."

"그럼 지석 씨라고 불러도 될까요?"

지석은 고개를 끄덕이며 속으로 생각했다.

'오빠라고 불러도 돼.'

"지석 씨 오늘 제가 여기에 부른 건 저희 레스토랑 홍보 좀 부탁드리려고요. 오픈 한지 한 달 정도 됐는데 아직은 홍보가 부족해 손님이 많지 않거든요."

"물론이죠! 어떻게 도와드리면 될까요? 그럼 로렌 씨 댁 작업은 내일부터 당장 다시 진행해도 되는 건가요?"

"네. 그렇게 하세요. 바뀐 집 비밀번호는 제가 문자로 보내드릴게요."

"정말 감사합니다."

지석은 기분이 좋았는지 로렌이 마시는 와인 잔에 자신의 와인 잔을 가져가 한번 부딪히고는 잔에 남아있던 와인을 다 마셔 잔을 비웠다.

15

술병이 아니야

같은 시간, 세아 친정집.

세아의 어머니가 유라에게 걸어오다가 살짝 휘청거리더니 털썩 바닥에 주저앉았다. 유라가 그 모습을 보고 놀라 할머니에게 달려갔다.

"할머니 괜찮아요?"

할머니는 눈을 꼭 감고 일이 분을 그대로 가만히 있다가 말했다.

"안 되겠다. 우리 손녀딸, 이렇게 있다가 내가 아프기라도 하면 혼자 어떻게 하니…. 저기 식탁 위에 있는 할머니 핸드폰으로 아빠한테 전화 좀 걸어줄래?"

유라는 아빠에게 전화했지만, 아빠는 와인에 취해, 로렌에 취해 핸드폰에 진동이 울리는 것도 알아차리지 못했다. 유라는 결국 프랑스에 있는 엄마에게 전화했다. 하지만 세아도 전화를 받지 못했다.

그때, 세아 옆에 있던 희수가 핸드폰에 뜬 이름을 보고 잠들어있던 세아를 대신해 두 번째로 걸려온 전화를 받았다.

"안녕하세요. 어머니, 저예요. 희수!"

유라는 엄마 목소리가 아닌 걸 듣고, 할머니에게 핸드폰을 건네 주었다.

"여보세요. 세아야."

"어머니! 저예요. 희수. 무슨 일 있어요? 세아는 지금 잠들어서요."

"그렇구나. 아니 내가 요즘 자꾸 어지러워서 병원을 한번 가려고 했는데 못 가고 있었거든. 요 며칠 더 심해진 것 같더니 오늘은 어째 더 몸이 이상한 것 같네. 혹시 내가 정말 쓰러지기라도 하면 유라가 혼자라 유라 아빠한테 전화를 해봤는데 받질 않아서…. 세아는 한국에 언제 온다고 했지?"

"세아는 내일 출발해요. 많이 안 좋으세요? 제가 세아 일어나면 지석 씨한테 전화해보라고 바로 얘기할게요. 혹시 모르니 옆에 사시는 분들한테 말씀이라도 해놓으세요."

"그래, 고맙다. 세아한테 심각한 건 아니라고 해줘. 그럼 끊을게."

"네, 어머니 들어가세요."

세아가 희수의 통화 소리를 듣고 눈을 떴다. 침대 옆에는 우진이 사다 놓은 약 봉투가 놓여있었다. 희수는 희미하게 눈을 뜨고 있는 세아를 보고 말했다.

"좀 어때? 괜찮아?"

세아는 지난 밤에 잠을 우진의 집에서 자고 새벽에 깨서 그의 차로 왔던 것이 생각났다. 밤새 낯선 남자의 집에서 쓰러져 자고 있었다는 걸 생각하니 얼굴이 후끈거렸다. 헝클어져 있는 머리를 괜히 한번 쓸어 넘기더니 한숨을 푹 쉬고 말했다.

"나 어제 또 뭐 실수한 건 아니지?"

"실수는 무슨…. 술병이 이렇게 심하게 날 일이니? 집에 있는 걸로 대충 계란국이라도 했어. 파라도 썰어 올려줄테니 시원하게 마시고 일어나. 이건 어제 우진 씨가 사다 놓은 거야. 국에 밥도 넣었으니, 이거 먹고 약 먹어. 나와서 먹을래?"

세아는 힘없이 걸어 나와 식탁에서 희수가 해 놓은 밥을 먹었다. 속이 안 좋은지 잘 넘어가지는 않았다. 잘 못 먹는 세아를 보더니 희수가 팍팍 좀 먹으라고 그래야 낫는다며 옆에서 하도 잔소리를 하는 통에 세아는 어떻게든 끝까지 먹었다.

“아, 맞다. 아까 너 잘 때 어머니한테 전화 왔었어.”

“우리 엄마한테?”

“응. 몸이 좀 안 좋으신가 봐. 어머니가 혼자 아파서 병원이라도 가시면 유라 어쩌나 걱정하시는 것 같더라고. 지석 씨는 전화를 안 받나 봐. 네가 지석 씨한테 전화 좀 해보라고 하시고 끊으셨어. 어디 가서 뭘 하느라 그렇게 바쁜지. 여기저기 아주 자유롭게 날아 다니고 계신가 봐.”

희수는 세아가 누워있던 침대 위에 있던 핸드폰을 들고나와 세아의 손에 쥐여주었다. 빨리 지석이 혼자 뭐 하고 다니느라 바쁜 건지 확인하라는 눈치였다. 희수가 지석을 맘에 들어 하지 않아 그러는 걸 아는 세아는 살짝 웃어버렸다. 세아가 지석에게 전화하니 웬일인지 바로 전화를 받았다. 지석의 목소리 뒤에 바람 소리도 들리고 차 경적 소리도 들리는 것 보니 운전 중인 것 같았다. 늘 운전 중에는 그의 핸드폰이 자동으로 블루투스로 연결되는 걸 세아는 알고있었다. 그가 이렇게 전화를 바로 받는다는 건 급하게 뭔가를 말해야 했던 상황이거나 아니면 실수로 눌렀거나 둘 중 하나였다. 그는 전화를 받더니 세아가 뭐라 말하기 전에 먼저 급하게 말을 꺼냈다.

"어, 왠일이야?"

"네? 왠일이냐고요? 운전 중이에요?"

"어? 어…. 왜?"

"지금 엄마가 몸이 좀 안 좋으신 가봐요. 유라랑 같이 계신데 엄마가 혹시 병원이라도 가셔야 하면 걱정되니 당신이 한번 가봐요. 몸 안 좋으신데 유라까지 챙겨야 하면 힘드니까 꼭 오늘 밤에는 유라랑 엄마랑 같이 있어요. 저도 내일이면 출발하니…."

"많이 안 좋으신 거야? 아무튼 알겠어. 갈게. 끊어."

지석과 통화를 마치고 세아의 얼굴이 어두워졌다. 지금 당장이라도 한국에 가야할 것 같은데 몸 상태가 그럴 수가 없었다. 핸드폰을 들고 비행기 시간을 확인했지만, 머리가 갑자기 띵하고 눈 앞에 안개가 서리는 것처럼 시야가 흐려져서 다시 핸드폰을 내려놓았다. 눈을 감고 깊게 숨을 들이마시더니 천천히 내쉬었다.

분명 지석의 목소리 옆에 누군가가 있는 것 같았다. 전에도 이런 적이 몇 번 있었고, 그때마다 회사 직원분과 회식을 가거나 업체 방문 중이었다. 확인을 해보진 않았지만 지석은 늘 이렇게 말했었다. 내가 지금 무슨 생각을 하는 건지 싶어 그녀는 천천히 고개를 저었다.

“너 괜찮은거야? 지석 씨는 지금 뭐 한대? 지금 바로 어머니한테 간대?”

“응…. 그렇게 한대.” 라고 말하더니 뭔가 골똘히 생각 중인지 시선을 허공에 띄웠다. 지석을 의심하는 건지 자신이 이상한 건지 혼자 계속 되뇌면서 말이다.

세아는 요즘 자신이 이상해진 건지, 무언가가 이상해도 많이 이상해진 것 같았다. 자신에게 무심한 지석 때문인 것 같기도 하고, 요즘 부쩍 툴툴댔던 유라 때문인 것 같다고도 생각하다가 언제나 결국엔 자신의 내면이 이상하다고 단정 지어버렸다. 한국에 가면 지석 몰래 라도 상담을 받아보겠다고 다짐했다. 그녀는 방으로 가서 우진이 사 온 약을 물과 함께 먹고 그제야 정신을 좀 되찾는 것 같았다. 그러고 어머니에게 전화해서 몸이 어떤지 묻고, 지석이 지금 그쪽으로 가는 중이니 너무 걱정하지 말고 일찍 주무시라고 했다.

16

따뜻한 런던포그의 마법

진한 푸른색의 하늘에 하얀 솜털 같은 구름이 떠다니는 모습을 보면서 내일이면 이 도시를 떠나야 하네, 하고 세아가 아쉬움을 드러내고 있었다. 발코니에서 내려다 본 아파트 건물 앞 거리에는 남색 수트를 입고 통화하며 걷는 남자가 보였고, 벤치에는 한 여자가 남자의 무릎에 머리를 대고 누워 책을 읽는 모습도 보였다. 남자는 책 읽는 여자를 지그시 쳐다보다 이내 고개를 푹 숙여 여자의 입술에 키스하기 시작했다. 여자는 남자의 양쪽 귀에 손을 대고 놔주지 않았다. 둘이 깊고 진한 키스를 하고 있는데, 한 여자가 돌 정도 되어 보이는 아기를 태운 유모차를 끌고 와 키스하는 커플 옆에 앉더니 담배에 불을 붙였다. 아기는 여자의 입에서 뿜어져 나오는 담배연기가 신기한지 쳐다보고 짝짝꿍하며 돌고래 소리를 냈다. 세아가 좀 놀란 표정을 짓고 시선을 다른 쪽으로 바꾸니, 저 앞에서 우진이 아파트 건물로 걸어오는 것이 보였다. 그는 좀 망설이는 듯 하더니 벨을 눌렀다. 희수가 누구지? 하고 발코니로 나와서 밑을 내려다봤다. 희수는 우진을 보더니 망설임 없이 밑으로 내려가서 그를 맞이했다.

"어? 안녕하세요."

"세아 씨는 일어났어요? 어때요?"

"지금은 좀 나아졌는지 밥 한 그릇을 다 먹었어요. 들어오세요."

우진은 세아의 안부만 물어보고 가려던 참이었는데 이렇게 집 안으로 들어가게 되어 자신도 놀란듯 했다. 괜히 아픈 사람한테 와서 귀찮게 하진 않을까 걱정하였다.

세아는 어쩐지 얼굴이 창피하고 부끄러워 보였다. 그와 이렇게 계속 얼굴을 마주할 거라는 건 처음에 상상도 못 했는데 자꾸 마주치니 왠지 좀 민망했다. 얼굴도 몇 번 안 봤는데 자신의 걱정거리를 다 알고 있는 그가 굉장히 친한 친구처럼 느꺼지기도 했고, 조금은 거리를 두고 싶기도 했다. 세아가 우진을 보고 먼저 눈인사를 했고, 그는 세아에게 다가가 먼저 말을 꺼냈다.

"좀 괜찮아졌어요? 아까는 많이 안 좋아 보였는데…. 술병이라기엔 안색이 많이 안 좋아 보였어요."

"지금은 괜찮아졌어요. 요즘 몸이 좀 안 좋아서 그래요. 한국에 가면 병원에 한번 가보려고요."

희수는 둘 사이에 끼지 않고, 괜히 두 사람과 멀찍이 떨어져 소파에 조용히 앉았다. 둘 사이에는 분명 자신이 모르는 비밀이 생겼으니 많이 가까워졌겠지 싶었다. 그러면서도 우진이 지금 세아가 결혼한 상태라는 걸 모르는 것이 더 흥미진진한 듯했다. 긴장한 세아 모습을 보니 입에서는 피식피식 웃음이 금방이라도 새어 나올 것만 같은데 참느라 힘들어 보이기도 했다.

희수가 이렇게 웃음을 힘들게 참고 있는데, 우진은 심각한 목소리로 말했다.

"지금이라도 여기 병원 가보세요. 제가 볼 때도 단순히 술병 같진 않았어요. 심장을 움켜쥐더니 숨 쉬는 게 힘들어 보였거든요. 기억하시죠?"

세아는 희수가 하도 술병이라고 하는 통에 속 안 좋은 것만 생각했지, 그 생각까진 못했었다. 돌이켜 생각해보니, 요즘 들어 자주 그렇게 가슴이 답답하곤 했다는 걸 느꼈다. 생각보다 자신의 상황이 심각하다고 인지하게 되었다.

"네, 요즘 그럴 때 있어요. 갑자기 그러니 심장이 안 좋은가도 싶고…."

"정말??"

희수가 놀라서 벌떡 일어났다. 조용하던 분위기에 희수가 큰소리로 놀라니 세아와 우진은 그 소리에 더 놀라서 움찔했다. 우진이 걱정돼서 말했다.

"와인 바에 같이 있던 동생이 근처 병원 응급실에서 근무해요. 연락해 볼게요."

"아! 세희요? 맞다. 그래그래. 가보자. 이럴 때 의사 친구 둔 것이 좋네. 너 그러다 내일 비행기에서 또 그러면 어떻게 해. 바로 전문의는 못 만나도 간단하게 진료라도 보고가."

우진은 자신이 예약하겠다며 핸드폰을 꺼내 들고 예약시간을 확인하는데 세아는 괜찮다며 한국에 가서 가겠다고 마무리했다. 희수와 우진이 어떻게 해서든 병원에 데려가려고 했지만, 완강하게 가기 싫다고 하는 세아를 이길 수가 없었다. 우진이 그럼 다시 책방에 가봐야겠다고 일어서니, 희수가 말했다.

“그럼 저희 이따가 카페로 놀러 가도 돼요? 애 몸도 안 좋고. 내일은 비행기 타야 하는데 집에만 있기도 그래서요.”

“그래요. 오시면 저야 좋죠. 맛있는 디저트라도 준비해놔야겠네요.”

우진이 나가자 희수가 방방 뛰며 우진 씨가 너를 좋아하는 거 아니냐고 이렇게 다정할 수가 없다며 신이 난 듯이 말했다.

“아니야…. 저분 원래 성격이 따뜻한 분인 것 같아.”

“그건 그래. 그런데 너를 볼 때 눈빛이 다른 사람 볼 때보다 더 따뜻한 것 같단 말이지. 여자친구인 혜라 씨를 볼 때보다 더. 내가 이런 거엔 눈치가 좀 빠른 편이지. 내가 좀 전에 너랑 우진 씨랑 대화하는데 뒤에서 얼마나 웃음이 나던지. 내가 참느라 입술을 몇 번을 깨물었어. 지금 우진 씨는 너 결혼한 줄도 모르는 거잖아. 그치?”

“그렇네. 맞아. 어제 안 그래도….”라고 세아가 말하다 순간 어제 혜라가 우진의 옆에 나타났을 때 자신을 그가 좋아하는 사람이라고 소개했던 것이 생각이 나서 얼굴이 뜨겁게 달아올랐다. 이게 혜라 때문에 나온 말이라는 건 알고 있지만 그래도 굳이 자신에게 그런 말을 해야 했을까 싶어 왠지 모르게 얼굴이 화끈거렸다. 두 손을 양 볼에 대고 숨을 하아- 하고 크게 몰아쉬었다. 그 모습을 보더니 희수가 물었다.

"너 왜 그래? 정말 두 사람 뭐 생긴 거야? 어제 책방에서 나 나가 있을 때 무슨 얘기 한 거야? 내가 그거 물어본다는 게 깜빡했네."

"아…. 나 어떻게 해. 이제…."라고 세아가 말하며 오른손으로 자신의 머리를 헝클어뜨렸다. 이걸 희수한테 말할 수도 없었다. 우진에게 당장이라도 가서 결혼했다고 말하고 숨기려고 한 것이 아니라고 설명하고 싶었다. 그와 나 사이에 정확히 무슨 감정이라도 생긴 건 아니지만 그래도 말해야 할 것 같았다. 일단 이 일은 저녁에 카페에 가서 해결해야겠다고 생각하는데 문득 친정엄마와 유라가 떠올랐다. 세아는 바로 친정엄마에게 전화해봤지만, 아직 지석은 오지 않았다고 했다. 지석에게 오늘밤에는 꼭 자신의 친정 집에서 지내 달라고 문자를 보냈다. 전화를 했지만 받지 않았기 때문이다.

해가 저물어질 때쯤, 세아와 희수는 책방 앞에 도착했다. 희수는 세아에게 책방 이름이 참 심플하지만 뭔가 아늑한 느낌이라고 하며 다른 데에도 지점이 있어서 본점이라고 적은 건지 궁금하다고 했다. 책방 건물을 끼고 오른쪽 골목으로 들어가니 테라스에 난롯불이 태워지고 있었고, 카페 안쪽에서는 우진이 커피를 내리고 있었다. 테라스에서 제일 명당인 난로 바로 옆에 우진이 자리를 잡아줬다. 세아가 난로에서 타다닥 타고 있는 나무를 쳐다보며 감성에 젖어있는데 희수가 말했다.

"아, 맞다! 너 내일 가기 전에 여기 맥도널드 좀 데려가야 하는데."

"맥도널드? 거긴 왜? 한국에도 있잖아."

"여기 맥도널드에는 마카롱이 종류별로 있거든."

"정말? 너 또 나 놀리려는구나."

"뭐? 진짜야!"

둘이 신나게 마카롱 이야기를 하고 있는데, 우진이 두 사람을 위한 티 두 잔을 가져왔다.

"이거 마셔보세요. 여기에 있는 메뉴는 아닌데 제가 좋아하는 거라 혼자 가끔 마셔요. 런던포그라고 밀크티 같은 거예요. 런던의 안개 느낌으로 폼이 올려져 있어서 붙여진 이름 같아요."

희수가 먼저 한 모금 살짝 맛보더니 너무 맛있다고 가끔 놀러 오면 만들어 달라고 했다. 세아는 희수의 밝은 모습을 볼 때마다 얼굴에 미소가 지어졌다. 그리고 우진을 볼 때면 느껴지는 따뜻함이 순간 심장을 두근거리게 했다.

세아는 빨리 자신이 결혼했다는 것을 알려야겠다고 생각해서 입을 여는데 희수가 눈치챘는지, 세아 눈을 보며 고개를 살짝 젓더니 인상을 찌푸렸다. 우진은 그 모습을 보지 못했다. 세아는 이 상황이 재미있는지 자기도 모르게 피식 웃어버렸다. 우진은 왜 그러냐 물었고, 희수는 절대 안 된다며 다시 한 번 고개를 살짝 저었다.

세아는 이 순간이 부디 오래가길 바랐다. 한국에 가는 날이 없었으면 좋겠다고 생각했다. 자신을 좋아하는 사람이라고 소개했던 그의 얼굴을 볼 때마다 왠지 가슴이 두근거렸다. 이런 일이 일어난 이 책방에 뭔가 마법같은 기운이 있는 것만 같았다. 따뜻하게 미소 짓고 있는 그의 표정과 따뜻하게 불을 피워내고 있는 난로. 이 모든 것이 런던포그를 다 마시고 나면 포그(fog)라는 단어처럼 안개가 되어 사라져버릴 것만 같았다. 부디 그러지 말기를….

17

고통과 이별

세아의 친정집이다. 유라는 할머니가 몸이 안 좋으니 오늘은 학교에 밥을 안 먹고 가겠다고 했지만, 몇 번을 얘기해도 괜찮다며 말을 안 듣고 밥을 차려주고 계셨다. 그런데 식탁 앞에 앉아있던 유라가 갑자기 크게 소리를 질렀다.

"할머니…. 할머니!!"

갑자기 유라의 밥을 챙겨 주시던 할머니가 쓰러지셨다. 머리를 식탁 모서리에 세게 부딪히고 바닥으로 그대로 툭 쓰러지시더니 머리에서 피가 흘러나왔다. 집에는 유라와 할머니 둘 뿐이라 유라가 어떻게 해야 할지 몰라 두리번거리다 밖으로 나갔다. 옆 호의 문을 계속 두드렸지만 다들 벌써 출근한 건지 안에서는 아무런 인기척도 들리지 않았다. 유라는 다시 집으로 들어가 할머니 핸드폰으로 119를 누르려고 했지만 손이 심하게 부들부들 떨려서 계속 잘못 누르기를 반복하다 전화 연결이 됐다.

구급차가 와서 할머니를 실어갔고, 유라도 같이 차에 타고 응급실로 향했다. 응급실로 향하는 중 119구급대원이 유라에게 다른 보호자는 안 계시냐며 리스트에 적어야 한다고 했지만, 집에는 아무도 없었다. 할머니 핸드폰으로 아빠에게 전화했지만 받지 않았고, 결국엔 프랑스에 있는 세아에게 전화를 했다.

새벽 시간이라 잠이 들어있던 세아는 진동소리를 듣지 못했다. 전날 타이레놀을 먹고 자서 그런지 여러 번 울리는 진동음을 듣지 못했다.

아침이 되어 잠에서 깬 세아가 침대에서 일어나 핸드폰을 확인하더니 그대로 정신을 잃고 쓰러졌다. 세아의 남동생 세진에게 온 문자였다.

'누나…. 엄마가 하늘나라로 가셨어…. 이거 확인하면 전

화 줘.’

세진은 결혼하고 제주도로 내려가서 살고 있었다. 세아는 가까이 있는 지석에게 부탁했었지만 그는 결국 어머니에게 가지 않은 것이다.

희수는 세아에게 커피 마시자며 세아가 있는 방으로 들어왔다가, 침대 옆에 쓰러져있는 세아를 발견했다. 세아는 전날까지도 심장이 답답하다고 얘기했던지라, 이상하다고 여겨 희수는 바로 응급실로 데려갔다. 병원으로 가는 길, 희수는 우진에게 와줄 수 있는지 전화했다.

세아와 희수가 병원에 오고 삼십 분쯤 지나니, 우진이 놀란 모습을 하고 도착했다. 세아는 침대에 누워 눈을 감고 있었고, 희수는 그 옆에서 와인 모임 멤버 중 의사인 세희와 심각한 표정을 하고 대화하고 있었다. 우진은 세희에게 무슨 일인지 물어봤지만, 사진을 찍어 봐야 한다고 했다. 우진은 어제 세아에게 보고 들었던 증상들을 설명하며 빠른 순서에 넣어달라고 거듭 부탁했다.

파리에서는 응급실에서 급한 사람부터 봐주기 때문에 이렇게 어필했어야 했다. 우진과 세희가 대화하고 있는데 세아가 깨어났다. 세아는 세진의 문자가 기억이 났는지 갑자기 눈앞이 깜깜해졌고 하염없이 눈물이 흘러나왔다. 당장 한국에 가야 한다고 목이 잠긴 목소리로 말하며 팔에 꽂혀있는 링거 주사 좀 빼달라고 하자, 세희와 우진은 기다리라고 했다. 세아는 소용이 없었다. 귀가 먹먹해져 주변 소리가 제대로 들리지 않았고, 마치 환청을 듣는 것처럼 들렸다. 우진이 세아의 팔을 확 잡더니 그녀의 눈을 보고 말했다.

"세아 씨 지금 이대로 가면 정말 위험해요. 좀 전까지 오랫동안 의식 없이 못 깨어나고 있었어요. 검사만 제대로 받고 가요."

세아는 목이 잠겨 말을 하기도 힘든 목소리로 힘겹게 말했다.

"엄마가…. 저희 엄마가…. 돌아가셨대요…."

"뭐? 뭐라고? 내가 지금 잘못 들은 거지? 어? 그런 거지? 나 어제까지만 해도 어머니랑 통화했었는데!!"

희수는 소리치듯 말했고, 우진은 두 손으로 얼굴을 마른세수 하듯 한번 쓸더니 세희에게 안 되겠다고 가봐야겠다고 하고 세아를 데리고 나왔다. 밖으로 나와 세아가 지석에게 전화했지만 받지 않았다.

18

경찰서

지석은 무거운 공기가 맴도는 경찰서에서 조사를 받고 있었다. 경찰서 밖에서는 로렌이 이리저리 왔다 갔다 하며 뭐라고 혼자 중얼거리며 돌아다니다 택시를 타고 가버렸다. 경찰서 밖에는 기자 몇 명이 지석을 기다리고 있었다.

포털사이트 검색어 순위

1. 강지석 교통사고

2. Lauren's Place 오너

어젯밤.

어머니에게 가보라고 하는 세아와 통화를 마친 지석은 자신의 옆자리에 앉아있는 로렌의 손을 잡으며 말했다.

“그냥. 명칭만 아내지 뭐. 알지?”

로렌은 자신의 손을 잡고 있는 지석의 손등에 자신의 입술을 가져가 짧지만 세게 입을 맞췄다. 그 순간 지석은 온몸이 뜨거워지며 놀라서 로렌을 쳐다보다가 앞차를 받아버렸다. 경찰이 와서 확인하니 알코올 농도는 면허취소 수준이었다. 마침 경찰은 지석의 얼굴을 기사에서 본 것 같아 그 사람이 이 사람인지 확인하듯이 얼굴을 쳐다보더니 면허증을 보고 맞구나 했다. 다행히도 가벼운 접촉사고라 차 안에 있던 사람들은 큰 부상은 없었다. 경찰차가 왔다 갔다 하면서 사람들이 몰리기 시작했고, 그중 어떤 사람이 지석을 바로 알아보고 인터넷으로 기자의 번호를 알아내 연락했다. 소셜미디어에는 지석과 로렌이 밤에 함께 있는 사진이 올라와 있었고, 금세 많은 사람들이 공유해 지석의 회사 블로그에까지 댓글이 이어졌다.

다행인지, 불행인지 아직 세아는 이 기사를 알지 못했다. 대신, 장례식장에 있던 세진의 친구를 통해 세진이 먼저 알게 됐다.

밤새 경찰서에서 조사를 마친 지석은 자신의 집으로 가서 곯아떨어졌고 핸드폰 배터리는 이미 꺼진지 오래였기에 지금 장모님께서 어떤 상황에 있는지 알 리가 없었다.

세아가 혼자 비행기 타는 게 걱정이 된 희수는 다음 달에 가려고 했던 한국행을 앞당겨서 세아와 같이 비행기에 몸을 실었다. 우진은 공항까지 세아와 희수를 데려다주었고, 그들과 아쉬운 작별 인사를 했다. 하염없이 눈물만 흘리고 있던 분홍빛의 세아의 눈이 우진에게는 가슴 아픈 기억으로 남아버렸다. 뒤돌아서 게이트 안으로 들어가는 세아의 뒷모습이 우진의 머릿속에 도장이라도 찍어 놓은 듯 선명하게 남았다.

지석은 뒤늦게 세아가 장모님에게 가보라고 한 것이 생각이 나서 장모님 집으로 갔지만, 문은 열려있었고 거실에는 피가 흘렀던 자국이 보였다. 그 옆에는 유라의 가방이 그대로 놓여있었다. 당황해서 핸드폰을 찾았지만 어디로 갔는지 보이질 않았다. 그는 머리채를 다 뜯어낼 것처럼 쥐고 서있더니, 문 밖으로 나와 주변을 두리번거리고 있는데 옆집에 사는 부부가 지석에게 물었다.

"아직 장례식장에 안 간 거예요? 우린 지금 다녀오는 길인데 안 그래도 사위가 안 보이더니 아직 여기에 계시네."

"네? 뭐라고요? 장례식장이요? 유라 가요?"

"아니…. 자기 장모님."

"네? 하아…. 다행이네요. 아…. 아니…. 아무튼 고맙습니다. 그런데 장례식장은 어디인가요?"

"네?"

지석은 곧바로 택시를 잡아타고 장례식장으로 향하다 아버지와 같이 가야 할 것 같아 아버지 댁으로 차를 돌렸다. 이때까지도 지석은 세아에게 전화를 하지 않았다.

지석이 현관문을 열자, 집 안은 조용했고 안방에만 불이 켜져 있었다. "아버지!" 하며 안방 문을 여니, 아버지가 아닌 소희가 편지 같은 것을 읽다가 지석을 보고 놀라서 그대로 집어넣더니 서랍을 닫고 급하게 일어났다.

"네가 여기 무슨 일로 와있어? 아버지 집에는 생신 때나 특별한 날이 아니고서야 절대 안 오던 애가…."

"어…. 엄마 사진이 갑자기 보고 싶어서 사진 좀 찾다가. 나 이제 가봐야겠다. 갈게."

소희는 문을 닫고 방문 앞에서 손톱을 깨물며 혼잣말을 했다.

"하아…. 저걸 누가 썼는지 이름을 확인 못 했어. 아이, 씨…."

지석이 문을 갑자기 확 여는 바람에 소희가 놀라 소리를 지르며 몸을 웅크렸다. 지석은 소희가 크게 소리 지르는 바람에 같이 놀랐다.

"아우, 깜짝이야. 너 왜 그래?"

"아…. 아니야. 넌 그러니까 문을 왜 그렇게 확 열어!"

"뭐? 오빠한테 너라고? 아…. 아무튼 지금 장모님 돌아가셨대. 장례식장에 가야 하니까 같이 가자. 아버지는 어디 가신 거야?"

"뭐라고?"

소희는 장례식장이라는 단어를 듣자 얼굴이 새하얗게 질린 것 같았고, 몸을 떠는 것도 같았다. 희미한 목소리로 "주소 문자로 보내주면 나중에 갈게."라고 하더니 집에서 나가버렸다. 아버지는 어디에 있는지 알 수가 없어 지석만 혼자 장례식장으로 출발했다.

지석이 장례식장에 헐레벌떡 빠른 걸음으로 들어오더니 숨을 헐떡이는 듯 보였다. 하지만 누구나 알아차릴 수 있었다. 숨을 헐떡이는 척하고 있었다는 걸. 그는 세아에게 전화를 걸어 그녀가 이곳으로 오고 있다는 것을 알고 난 후, 조문객과 목례를 하는 세진에게 갔다.

“미안해. 처남. 내가 일이 좀 생겨서 늦었….”

세진이 지석을 보자 얼굴이 벌겋게 달아오르더니 지석의 얼굴을 주먹으로 세게 쳤다. 지석은 그대로 바닥으로 넘어졌다.

“뭐? 미안해 처남? 일이 있어서? 분명히 누나가 엄마 아프시니까 하루만 같이 있어 달라고 했는데 다른 여자랑 바람을 피우고 있어? 네가 사람 맞아? 유라 아빠 맞아? 누나 남편 맞아? 우리 엄마…. 사위…. 맞아?”

세진은 감정에 북받쳐 울면서 바닥에 있는 지석을 주먹으로 있는 힘을 다해 계속 때렸다. 주변에 있던 조문객들과 친척들이 세진을 뒤에서 끌어안고 양 팔을 잡아 말렸다. 세진의 아내가 밖에서 유라와 세진의 딸 윤아가 오는걸 보더니 지석에게 나가라고 눈치를 줬고, 그는 겁에 질린 얼굴을 하고 나갔다. 유라가 지석을 보고 울먹이며 원망이 섞인 말투로 말했다.

"아빠…. 왜 안 왔어? 왜 안 왔었어? 왜 전화 안 받았었어? 어? 아빠만 있었어도…. 할머니 쉬고 있었으면 이렇게 이런 일이 없었을 텐데."

지석이 유라에게만은 급한 일이 생겼었다고 둘러대고 싶었지만, 이미 그의 기사를 본 주변 사람들의 눈치를 보느라 아무 말도 하지 못하고 유라를 안아줬다.

세아가 희수와 함께 도착했다. 지석이 먼저 그들을 보았고, 세아보다 희수한테 한 소리 들을까 두려워 뒤로 돌아 몸을 숨겼다.

19

남동생의 여자친구

세진과 지석은 오래전부터 사이가 좋지 않았다.

세진이 현재 아내를 만나기 전, 대학생 때 캠퍼스 커플로 오래 사귀던 여자친구가 있었다. 그녀는 외모가 특출나게 예쁜 건 아니었지만, 작고 새하얀 얼굴에 조금이라도 부끄러우면 발그레지는 볼살이 딱 아기 호빵 같다고 보는 사람마다 그랬다. 세진이 여자친구를 처음 집에 데려왔던 날, 지석도 함께 집에 있었다. 지석은 그녀에게 얼굴이 참 동안이라며 계속 칭찬했었다. 그 이후로도 다 같이 세 번 정도를 더 만났고 네 번째쯤 만나던 날, 세아의 사촌언니가 결혼식을 올리던 날이었다. 여느 때와 같이 세진은 여자친구를 데리고 왔다. 세진의 여자친구는 연한 살구색의 무릎을 살짝 덮는 원피스를 입고 와서는 세아보다 지석에게 먼저 인사를 했다.

세아와 세진은 오랜만에 만나는 친척들과 인사하느라 정신없던 와중에 지석과 세진의 여자친구는 보이지 않았다. 오랜만에 뵙는 어르신들이 지석을 소개시켜 달라고 해서 세아는 돌아다니며 지석을 찾아보고 있었다. 한층 위로 올라가니 사람들 인적이 없는 화장실이 복도 끝에 보였다. 화장실에 갔을까 지석에게 그 앞에서 전화를 걸었는데 옆쪽에 있는 방 안에서 핸드폰 진동 소리와 함께 옅은 신음 소리같은 게 들려왔다. 그 공간에 있는 문은 살짝 열려 있었다. 살짝 열려있는 문틈 사이로 세아가 안을 살짝 쳐다보더니, 벌어진 입을 자신의 두 손으로 막으며 몇 발자국 뒷걸음질 쳤다. 지석이 자신의 오른손을 세진의 여자친구 허벅지에 올려놓은 채로 더듬어가며 격하게 키스하고 있었다. 세진의 여자친구는 당황한 것 같았지만 두 손은 이미 지석의 머리에 올려두고 있었다.

세아는 그대로 뒷걸음질 치다가 뒤로 돌아 가족들이 있는 곳으로 갔다. 역시나 세진도 여자친구를 찾고 있었다. 세아는 이 사실을 세진에게 알려야 할지 어떻게 해야 할지 망설였지만, 끝내 뭐라고 말해야 덜 불편하게 이 사실을 전할 수 있을까 생각이 나지 않아 말하지 못했다. 하지만 세진의 여자친구는 좀 전에 지석과 있었던 일을 세진에게 고해성사하듯 울며 말했고, 자신은 지석이 자신을 가지고 놀던 정말 자신을 사랑하던 중요하지 않고 자신이 지석을 사랑하는 것 같다고 미안하다며 세진을 떠나버렸다.

세진은 평소에는 참 다정하고 어디 가도 예의 바르다는 말만 듣던 남동생이었다. 하지만 세진과 세아 둘만 본가에 있었을 때였다. 세진은 이 사실을 세아에게 알리며 당장 이혼하라고 소리쳤다. 세아는 다 알고 있었다면서 유라를 임신 중이었기에 한번은 용서해 주겠다고 울면서 힘겹게 말했다. 이렇게 둘이 방 안에서 대화하고 있는데 그때 마침 집에 들어온 그들의 어머니가 대화 내용을 다 들어버리고 말았다.

세아는 눈에 고여있던 마지막 눈물 한 방울을 뚝 떨어트리고는 배가 아픈지 배를 움켜쥐고 거실로 나오려고 했고, 어머니는 화장실로 들어가 버렸다. 어머니가 거실로 나오자, 세아는 하도 울어서 부어있는 얼굴을 들키고 싶지 않은 마음에 바로 뒤돌아 집에서 나가려고 짐을 챙겼다.

"벌써 시간이 이렇게 지났네. 저는 이제 집에 가볼게요. 지석 씨도 왔겠다."

세아가 서둘러 가려는 뒷모습에 세아의 친정어머니가 말했다.

"세아야, 난 네가 행복하게 살았으면 좋겠다. 나처럼 그저 남편과 자식만 위해 버티며 살지 말고 너는 네 인생을 살았으면 좋겠어. 조심히 들어가렴."

어머니는 세아에게 이것저것 물어보고 싶었지만, 모든 것을 가슴속에 꾹꾹 눌러 담아버리고는 최대한 해야 할 말만 하고 뒤돌아서 방으로 들어갔다.

세아는 가끔 생각한다. 세진이 결혼하더니 갑자기 제주도에 내려가서 살고있는 것이 최대한 지석과 마주치는 일을 줄이기 위해 선택한 자신만의 방법이었겠다고.

장례식을 하는 동안 세아는 요 몇 달 심했던 가슴이 답답하거나 머리가 띵한 증상들은 나타나지 않았다. 그저 꿋꿋하게 장녀로서 장례식에서 보여질 수 있는 도리를 다했다. 어머니를 애도하기 위해 모인 조문객들 사이에서 지석의 소문들을 들을 때면 가끔 다리가 풀릴 것만 같았지만 있는 힘을 다해서 다리에 힘을 주고 버텨냈다. 이것이 사실이 아니기를 그저 자신이 직접 확인하기 전까지는 거짓이기를 바라는 마음이었지만, 이미 가슴 깊은 곳에서는 남편과 자식만을 위해 버티며 살아가지 말라고 했던 어머니의 말씀이 박혀있었다. 눈가에 맴도는 눈물을 막아내 보려고 애써보아도 소용없었다. 그러다 문득 세아의 머릿속에 떠오르더니 눈물을 멎게 한 것이 있었다. 프랑스 책방. 우진의 책방 그리고 우진의 따뜻함을 생각하면 그곳이 너무 그리웠다. 잠깐 꿈꾸었다 깬 듯한 몽롱한 기분이 들었다. 다시 그곳에 가도 없을 것만 같은 공간이었다. 정말 꿈이었을까 확인해보고도 싶었다. 다신 그의 목소리도 들을 수 없겠고, 다신 그곳에 갈 일은 없겠다 싶었지만 다시 가게 된다면 이 가슴속의 모든 응어리를 그의 따뜻함이 다 녹여줄 것만 같았다. 하지만 그럴 수 없다는 걸 알기에 가슴만 먹먹해졌다.

20

모두의 속임수

세아가 힘겹게 장례식을 마무리하는 동안 지석은 세진이 두려워서 그리고 세아와 그녀의 친척, 지인들을 만나는 것이 면목이 없어서 끝내 장례식에 모습을 다시 드러내지 않았다. 지석은 계속 회사에 남아 자신을 향한 악플들과 비난이 쏟아지는 기사들을 보며 한숨을 푹푹 쉬고 있었다. 기사에 같이 붙어있는 사진 속에는 지석과 지석의 손을 꼭 붙잡고 놀라고 있는 로렌의 모습이 보였다. 이걸 수습하기는 힘들겠지만, 직원들에게는 어떻게 해서든 해결 방법을 찾아보라고 소리쳤다. 그때 지석의 핸드폰에 로렌의 이름이 뜨며 벨 소리가 울렸다.

지석은 망설임 없이 전화를 받았다.

“네…. 로렌 씨! 안 그래도 연락드리려고 했는데. 기사는 보셨죠? 죄송해요. 괜히 제가 와인까지 마셨는데, 데려다 드린다고 해서 일이 이렇게 꼬여버렸네요. 허리 아프다고 하셨던 걸로 기억하는데 괜찮아요? 저는 물리치료라도 다녀오려고요.”

로렌은 조용히 그의 말만 듣고 있었다. 조용한 로렌을 대신해서 통화 속의 적막함을 깨 보고자 지석은 아무 말이나 내뱉었다. 그렇게 하면 자신의 쓸모없는 질문들 중 하나에는 그녀가 대답을 해주겠지 하는 심정이었다. 지금으로선 그녀만이 해결책이 될 거라는 기대 말고는 할 수 없었을 테니까. 로렌이 입을 열었다.

“지석 씨. 제가 기사를 하나 내보낼게요. 저희 레스토랑 홍보 건에 대해서 이야기하다가 제가 데려다 달라고 부탁해서 일이 이렇게 됐다고. 그리고 앞차와 부딪힐 때 제가 너무 놀라서 지석 씨의 손을 급하게 잡게 됐다고. 아무 사이 아니라고 얘기할게요. 대신.”

“정말요? 그런데 그렇게 하면 해결이 될까요? 그럼 로렌 씨도 조사를 받아야 할 수도 있을 텐데요….”

"대신 제 소원 하나만 들어주세요."

어머니의 장례를 마치고 한 달이 지났다. 바람은 더욱 거세졌고, 세아의 마음속도 겨울의 온도와 같이 차가웠다. 한 달의 시간이 흘러가는 동안 세아는 아무도 만나지 않았다.

장례식이 끝나고 유라는 세진이 데리고 제주도로 내려가 버렸다. 그곳에는 유라보다 세 살 어린 세진의 딸 윤아가 있었는데 둘은 어렸을 때부터 사이가 좋았다. 늘 동생이 있었으면 좋겠다고 노래 부르던 유라는 윤아를 자신의 친동생처럼 잘 돌봐주고 또 둘이 자매처럼 잘 지냈다.

지석은 장례식이 끝나고부터는 집에 오지 않았고 거의 회사에서 지내거나 아버지 집에서 지냈다. 세아의 마음이 풀리면 그때 오겠다고 세아에게 연락을 기다리겠다고 하더니 나가버렸다. 이것이 최선이었을까. 세아의 마음속에는 응어리들만 더 쌓여갔다. 너무 힘들어서 다 포기하고 싶을 때쯤 아무에게 말하지 않고 세아는 모자를 푹 눌러쓴 채로 병원으로 향했다.

세아가 병원 문 쪽으로 걸어가고 있는데, 낯설지 않은 여자가 병원 안에서 나오는 것을 보고 몸을 숨겼다. 소희였다. 어쩐지 얼굴이 많이 상한 듯 보였고, 살도 더 빠진 것 같았다. 느낌이 이상한 세아는 병원 안으로 들어가지 않고 소희를 따라갔다.

소희는 어느 카페 안으로 들어갔다. 세아는 모자를 더 눌러쓰고 소희가 누구를 만나는지 보기 위해 소희를 등에 지고 뒷자리에 자리 잡았다. 한 시간이 지나도 소희가 기다리는 사람은 나타나지 않는 것 같았다. 소희는 핸드폰만 만지고 있더니 결국 나가려고 일어서는데 앞에서 혜언이 나타났다. 소희는 혜언을 보자 울음을 터트리더니 그녀를 안고 울어버렸다. 혜언도 안색이 좋아 보이진 않았다. 어떻게 보면 미안해 보이기도 했고, 어떻게 보면 불안해 보이기도 했다. 혜언이 소희를 토닥여 줬고 두 사람은 자리에 앉았다. 혜언이 먼저 조심스럽게 입을 열었다.

"병원에 다녀왔다고? 의사 선생님은 뭐라고 하셔?"

"계속 약 먹으면서 치료받아야 한대요. 그런데…. 그렇게 한다고 달라질까요? 제 안에는 이미 상처가 지워지질 않는데…. 그날의 기억이 지워지지 않고 그렇다고 희미해지지도 않고 잊으려고 하면 할수록 머릿속에는 더욱 생생한 색깔로 남아버리는데…."

혜언은 입술을 깨물었다.

"이모가 도와줄 수 있는 게 없어서 미안하다. 나도 아는 것이 없어. 도와주고 싶은데 도와줄 방법이 없네."

소희는 혜언의 말에 더 이상은 이모와 있어도 해결될 일이 아니라고 생각했다. 아버지와 함께 있던 여자가 누구인지 알아낸다고 해서 자신의 정신적인 고통이 치료될 것 같지도 않았다. 소희는 그 자리에서 한참을 더 울다가 자리에서 혜언보다 먼저 일어났다. 세아는 소희가 나가고 오분 정도 지난 뒤 그곳에서 벗어났다. 세아는 소희의 아픔이 무엇일까 궁금했지만 물어볼 수는 없었다.

21

알유해피?

올해 겨울바람은 유난히 더 차가웠다. 예전에는 찬 바람이 불기 시작하면 이제 가을이 오고 또 겨울이 오겠네. 봄은 언제 오나, 하고 말하곤 했었는데 언젠가부터 이 차가운 바람이 좋아졌다. 겨울에는 보일러 온도를 높게 올리고 뜨끈한 물이 가득 채워진 욕조에 몸을 담그고 있었는데. 이제는 가끔 창문을 열고 차가운 바람을 쐬고 있으면 그게 참 시원하다. 뜨거운 바닥에서 열심히 까먹던 차가운 귤보다 더 시원하게 느껴졌다. 새벽의 차가운 공기 속에 이슬이라도 서린 바람을 맞을 때면 사이다같이 청량한 기운이 돌았다. 세아는 아파트에서 500미터쯤 떨어진 버스정류장에서부터 집으로 걸어가며 소희의 모습을 떠올렸다. 늘 어두운 소희에게 무슨 일이 있긴 있는 것 같았다. 세아는 혜언의 존재에 대해 잘 알지 못했기에 누구인지도 몰랐다. 언젠가 집안 행사로 한번 본 것도 같지만 딱히 누구라고 떠오르지 않았다. 생각을 깊게 하면 할수록 머리만 지끈거렸고 지금은 자신의 밥그릇 챙기기에도 벅차다는 생각이 들었다. 지석과의 관계를 어떻게 이어갈지 혹은 끊어야 할지도 결정 내지 못했고, 가끔 가슴이 답답한 이 증상을 제대로 치료하고 싶었다.

거리를 지나다니는 사람들은 두꺼운 패딩을 입고도 춥다며 근처 카페로 가서 따뜻한 커피를 마시거나 빠른 걸음으로 아파트 단지 안으로 들어갔다. 세아는 멈춰 서서 옆에 나란히 서있는 나무들을 쳐다봤다. 나뭇잎이 다 떨어져 외로워 보이는 나무들이 각자 쓸쓸하게 조금씩 떨어져 있는 모습이 마치 자신과 지석, 그리고 유라를 보는 것 같았다. 다시 이 계절이 지나고 봄이 오면 좀 나아지려나. 유라는 잘 있겠지, 하는 생각에 눈과 코가 붉어지며 뜨거워졌다. 눈물이 차오르고 우윳빛으로 시야가 가려져 눈을 깜빡이니 맺혀있던 눈물 방울이 뚝 떨어졌다. 흘러내린 눈물을 닦아내는데 어떤 남자가 세아 앞에 다가와 섰다.

검은색 바지가 먼저 보였다. 키가 커서 올려다 봐야 했고, 이 추운 날씨에 베이지색 코트 하나에 간단한 머플러도 걸치지 않아서 안에 입고 있는 짙은 회색 니트가 보였다. 얼굴을 보니 계속 프랑스에만 있을 줄 알았던 우진이었다.

세아가 놀라서 잘못 봤나 싶어 눈을 두세 번 깜박거렸다. 그 모습을 보고 우진이 활짝 웃었다.

"저 맞아요. 서.우.진. 와, 이게 꿈이예요? 세아 씨 맞죠?"

"안녕하세요. 여기에는 어떻게…."

"제가 여기에 왜 있냐는 말이죠?"

세아는 고개를 끄덕였다.

"저 이번에 책 쓴 게 다음 주에 나오거든요. 저 아는 형이 하는 책방이 이 근처예요. 제 책 나오는 거에 대해 이벤트라도 하면 책방에도 도움 되고 저한테도 좋을 것 같아서 겸사겸사. 그리고 세아 씨도 볼 겸 왔어요."

"네?"

세아가 얼굴이 뜨거워졌는지 두 손을 양 볼에 가져갔다. 우진은 자꾸만 붉어지는 세아의 모습이 귀여웠는지 소리 없이 미소지었다.

"세아 씨 어머니 장례식장에 가실 때 마음이 많이 안 좋았거든요. 저도 같은 일을 겪은 적이 있고 세아 씨 마음이 어떤지 알 것 같아서 더 신경이 쓰였어요. 한번 연락해보고 싶다 생각은 했어요. 그런데 세아 씨 마음도 좋지 않을거고 불편해할까 봐 참고 참았는데. 어떻게 제 마음이 세아 씨한테 닿았는지 이렇게 다시 뵙네요."

세아가 추워서 몸을 웅크리자 우진이 말했다.

"추우시죠? 오늘따라 더 바람이 강하게 부네요. 옆에 카페가 있던데 잠깐 시간 되세요?"

세아는 고개를 끄덕였다.

'루하 커피-Ruha Coffee'

아파트 입구 맞은편에 있는 카페에는 아파트 주민들과 근처 대학교에 다니는 학생들이 대부분이었고, 이층에 있는 피아노학원 선생님들이 음료를 테이크아웃하러 왔다 갔다 했다. 동네에 작은 카페이지만 바리스타 중 한 분이 바리스타대회에서 상을 받았다는 기사가 벽에 작게 붙어있었다. 그 이후로 먼 지역에서 부터 커피를 마시러 오는 손님들도 요새 많아졌다고 한다. 카페 주인이 책을 좋아하는지 카페 내부에는 책도 진열되어 있었다. 카페를 들어가면 '은영'이라는 명찰을 단 카페 알바생이 가끔 피아노학원 학생들에게 알유해피? 라고 묻는다. 한 개구진 학생이 은영에게 왜 자꾸 그렇게 영어를 쓰냐고 물으니, 카페 이름이 '알유해피'에서 나온 이름이라 그렇다고 한다. 은영은 꿈이 시인이라고 하면서 가끔 테이크아웃 커피잔에 손글씨로 그때그때 지은 시같은 것을 적어주기도 한다. 우드 톤으로 통일한 카페 내부 인테리어가 아늑했고, 마치 우진의 책방을 연상시켰다. 카페 주인은 카페의 아늑한 느낌처럼 편안하고 따스한 목소리를 가지고 계셨다.

테이크아웃 손님들의 대화 소리에 카페에서 흘러나오는 음악도 작게 들렸는데 가을바람에 관한 음악이었다. 밤하늘에 떠 있는 별에 관한 가사도 들렸다. 모든 것이 우진의 프랑스 책방을 떠올리게 했다. 꿈속으로 들어온 것만 같은데 그녀 앞에 있는 그의 모습이 꿈이 아니라고 말해주는 것만 같았다. 안 그래도 무겁던 마음에 어머니가 돌아가시고 늘 마음에 차가운 돌덩이를 품고 사는 것 같았는데 다 녹아 없어져 버린 듯 한결 가벼워진 느낌이었다. 마치 구름 위에 앉아 있는 것만 같았다. 프랑스 책방에서 그가 건네 주던 런던포그를 마시고 싶었지만 그는 그녀에게 도자기로 구운 듯한 갈색 두꺼운 잔에 담긴 따뜻한 바닐라 라떼를 가져왔다.

네모난 나무 테이블 위에 올려져 있는 따뜻한 바닐라 라떼와 앞에 있는 따뜻한 그의 모습이 그녀의 마음을 위로해 주는 것 같았다.

"세아 씨 마음은 좀 어때요? 어머니 돌아가신 것에 대해서는 저도 뭐라고 위로의 말을 드려야 할지 모르겠어요. 저도 겪어봤지만 시간이 지나면 괜찮아질 거라고 해도 늘 마음 한편에는 남아있거든요."

세아의 눈에서 눈물이 금방이라도 흐를 듯이 맺혀버렸다. 카페에 흘러나오는 음악도 슬프게만 들렸다.

"물어봐 줘서 고마워요."

하고 말하는 동시에 눈물이 주룩 흘러버렸다. 얼굴은 금세 눈물 범벅이 되어버렸고, 그대로 몇 분을 고개 숙인 채 있었다. 그런 그녀를 바라보는 그의 눈에도 금세 눈물이 차올라버렸다. 왜 엄마는 말하지 않았을까. 요즘 저혈압이 심해졌다는 것을 왜 혼자만 알고 있었을까. 그날이 떠올랐다. 석 달 전, 자신이 몸이 안 좋아 유라를 데리고 친정에 갔던 날. 어머니는 나에게 뭔가를 말하려다 내가 먼저 요즘 빈혈이 심하다고 말하니 그녀는 입을 열지 않고 망설이던 모습이 기억났다. 그때부터였을까. 엄마는 왜 말하지 않았을까. 내가 먼저 물어봐 주길 바랬을까. 나도 유라가 크면 가끔은 내가 아픈 곳이 없는지 물어봐 주길 바랄 텐데….

"우진 씨, 저 사실 결혼도 했고, 딸도 한 명 있어요. 이런 건 더 일찍 말했어야 했는데 미안해요. 그날 싱글인 분들 모이는 모임에는 어쩌다 보니 희수따라 가게 된 거예요."

세아는 우진이 많이 놀랄 거라 예상했지만 그의 표정은 흔들리지 않았다.

"저 알고 있어요. 사실 와인 바 앞에서 세아씨가 이 얘기도 했어요."

세아는 당황해서 "아…." 라는 소리 다음에 뭐라고 덧붙여야 할지 몰라 고민하고 있는데 우진이 말했다.

"그날 이 이야기도 하려고 했는데 갑자기 세아 씨가 쓰러지시는 바람에 말하지 못했어요. 그리고 예전에 잡지사에서 에디터로 일하셨어요? 그때 너무 재미있었다면서 다시 들어가서 일하고 싶다고 하더니 한숨을 푹 쉬기도 했어요."

"아…. 대학생 때 잠깐요. 대학생들 단기간으로 참여하는 게 있었는데 재밌었어요. 졸업하고도 그 잡지사에 취직할 수 있는 기회가 있었는데 집안 사정상 연봉이 높은 데로 전공 살리지 않고 다른 회사에 들어가게 됐어요. 그런데 늘 생각나더라고요. 그때 그냥 잡지사에 갈 걸 하면서 후회도 되고. 그래서 요 며칠 다시 일하고 싶어서 입사 지원도 몇 군데 해봤는데 쉽지 않네요."

세아는 열정 많고 활기차던 대학생 시절이 생각나서 씁쓸한 표정을 지었다.

카페 앞 거리에는 하얀 눈이 내리기 시작했다. 어떤 사람은 눈 온다며 좋아서 밖으로 나가기도 하고, 어떤 사람은 길이 미끄러워질 수 있으니 빨리 집에 들어가야겠다며 나가는 사람도 있었고, 어떤 남녀는 하늘에서 내리는 흰 눈이 그들에게 내려와 서로에게 아직은 얼어있는 마음을 녹여 달라고 하기도 했다. 세아와 우진이 그랬다.

세아가 우진에게 물었다.

"한국에는 언제까지 계세요?"

"아직 모르겠어요. 일 때문에 비자 받고 와있는 거라 집도 잠시 빌려서 살게 되었어요. 책방 하는 형이 월세를 주던 집이 잠시 비어있거든요. 여기 앞에 있는 아파트 1305동이에요."

"아, 여기 아파트에 계시는 거예요? 저는 1301동이에요."

우연치고 이런 우연이 있을까. 신이 계시다면 분명 도와주고 계신 것이 틀림없어 보였다. 두 사람이 대화하는 중에 유라의 전화가 오면서 두 사람의 대화가 끊어졌다. 유라는 학교에서 가족사진을 가져오라고 한 것을 깜빡했다며 세아에게 빨리 사진을 보내 달라고 했다.

"저 이제 가봐야 할 것 같아요. 집에 들어가서 딸이 얘기한 것 좀 찾아봐야 할 것 같아요."

우진이 자신의 진한 네이비 색 백팩에서 조그만 팸플릿을 건네주었다.

"여기…. 책방에서 작게 북 토크 하거든요. 시간 되시면 들르세요. 여기에서 가까워요."

"어? 책방 이름이 우진 씨 책방이랑 같네요. 프랑스 책방 서울 1호점."

"네, 제가 가끔 한국에 나와서 글을 쓸 때가 있거든요. 그러다 어느 날 글도 쓰고 독자분들이랑 쉽게 만날 수 있는 공간이 있으면 좋겠다 싶은 거예요. 그래서 프랑스에 있는 책방 이름을 따서 여기에 오픈하게 되었고 지금 운영은 프랑스에서 같이 고등학교 다녔던 형이 하고 있어요. 그 형은 책방 하면서 독립 출판사도 같이 해요. 정말 제 주위에서 제일 열심히 사는 형이에요. 세아 씨도 책 많이 읽으신다고 하셨죠? 동네니까 시간 되시면 종종 들러서 책도 읽고 가세요."

세아는 그렇구나 하는 듯이 고개를 끄덕였다. 시계를 보더니 시간이 금방 또 지나가버려서 급하게 인사를 건네고 먼저 나왔다.

22

응급실

저녁 무렵이 되어 진한 노란색과 다홍빛 노을이 하늘을 서서히 물들이기 시작했다.

세아가 베란다에 서서 짙게 펼쳐진 노을을 감상하고 있는데 지석에게서 문자 한 통이 도착했다.

'세아야. 여보, 미안해. 아직 화 안 풀렸지? 매일매일 반성하고 있어. 생각이 바뀌면 나한테 전화는 안 해도 좋으니 문자 한 통만이라도 남겨줘. 그냥 ㅇ 이거 하나만 보내도 돼. 알겠지? 사랑해 여보. 잘자고.'

나와 정말 풀고 싶었다면 집에 찾아와서 무릎이라도 꿇고

빌어야 하지 않을까. 어머니가 돌아가시기까지 했는데. 계속 핸드폰을 꺼놓고 있더니 이렇게 문자 한통 달랑 보내놓고 화를 풀라니. 자신이 얼마나 그에게 보잘것없는 존재이기에 이런 취급을 받아야 하는지 생각하는데 머리가 핑 도는 느낌이 들었다. 금방이라도 쓰러질 것 같더니 간신히 소파에 앉았다. 가슴이 다시 답답해져 오는 느낌이 들어 무서웠다. 머리에서 식은땀이 나기 시작했다. 눈을 감았다 떴다 하기를 반복하며 정신을 차리려고 했지만 몸이 말을 듣지 않았다. 핸드폰은 소파 바로 앞에 있는 작은 탁자 위에 올려져 있지만 그곳까지 기어갈 힘도 부족했다. 간신히 손을 뻗어 지석에게 전화했지만 핸드폰은 금세 또 꺼져있었다. 세아는 다시 손에 힘을 주어 힘들게 119를 눌렀다.

곧 1301동 앞에 응급차가 도착했고, 응급차 소리에 저녁 산책을 하던 이웃 주민들이 하나둘 몰리기 시작했다. 마침 우진이 집에 오던 길이었다. 1301동은 아파트 입구 바로 앞에 있었기에 우진도 응급차를 보게 되었다. 우진이 응급차에서 시선을 돌리려고 하는 순간, 들것에 실려 나오는 세아를 보고 말았다. 구급대원들은 세아 집에 다른 보호자가 없다는 이야기를 하고 있었다. 우진이 세아를 알아보고 세아에게 다가가 괜찮냐고 물으니 구급대원들은 우진에게 아시는 분이시면 같이 차에 타고 병원에 가줄 수 있는지 물었다. 그렇게 우진은 세아 옆에 앉아서 같이 응급실로 향했다. 세아를 보니 프랑스에서 세아가 쓰러졌을 때의 증상과 비슷한 것 같아 구급대원에게 전에도 이런 적이 있었다고 설명했다.

세아는 검사를 받고서도 한동안 계속 깨어나지 않았다. 우진은 세아가 걱정돼 화장실도 가지 못하고 옆에서 그녀가 깨어나기만을 기다렸다.

그는 그녀의 가족에게서 전화 한 통 없는 걸 보게 되었다. 그녀의 마음이 안 좋을까 걱정되어 다 말하진 않았지만 사실 와인 바 앞에서 그녀는 생각보다 많은 걸 그에게 털어놓았었다.

가을바람이 소슬히 불어오던 어느 날 프랑스. 와인 바 앞에서.

"우진 씨, 저 사실 남편이 있어요. 올해 초등학교 들어간 딸도 있고요. 그런데 아무도 집에서 저와 다정하게 대화하는 사람은 없어요. 심지어 저는 제가 딸 임신했을 때 남편이 제 남동생 여자친구한테 키스하는 것도 봤어요. 둘이 더 이상 만나지 않길래 저는 임신도 했으니 이젠 둘이 끝났겠다 싶어 곧 제자리로 돌아오겠지 했는데…. 바람이 한 번만 불고 끝나나요? 바람은 계속 불잖아요. 하아…. 제가 그 사실을 제대로 생각하지 못했던 거죠. 제가 어느 날은 남편 회사에서 마케팅 업무를 도와주고 있었는데, 신입사원으로 들어온 저희 팀 막내가 저희 남편 사무실 안에서 제 남편한테 '자기야'라고 부르는 걸 들었어요. 제 남편도 마찬가지로 그 여자를 '우리 자기'라고 부르더라고요. 그 뒤로 저는 바로 그만두고 회사에 나가지 못했어요. 저 참 멍청하죠? 아직까지 모르는 척하고 사는 게…. 이 모든 걸 정작 본인인 남편은 제가 알고 있다는 사실을 모르고 있다는 거예요. 저 불쌍하죠? 우진 씨! 좀 전에 혜라 씨가 다른 남자랑 화장실 앞에서 키스하는 거 보는데 우진 씨 참 저랑 비슷한 사람이구나 생각했어요."

우진은 세아가 너무 많이 취한 것 같아 세아를 데리고 안으로 들어가려는데 세아가 다리에 힘이 풀리며 우진의 팔을 붙잡았고 우진은 엉겁결에 세아를 안아버렸다. 세아는 그의 품 안에서 힘없는 울음소리를 내며 울었다. 그리고 그에게 이런 말도 했다.

"나…. 대학생 때로 돌아가고 싶어요. 잡지사에서 친구들이랑 에디터하고 있을 때 정말 즐거웠거든요. 일 끝나면 애들이랑 맞은편 호프집에서 맥주 한잔도 하고 그랬는데…. 하아…. 그때는 교수님한테 인정도 많이 받고 그랬는데, 지금은 제가 너무 보잘것없는 존재네요."

응급실에 누워있는 세아가 눈을 떴다. 꿈인 듯 아닌 듯 눈앞에 우진의 모습이 아른거렸다. 꿈을 꾸고 있는건가 왜 아른거리는 건지 생각하는데 우진이 세아에게 괜찮은지 물었다. 세아는 눈을 질끈 감았다 떴다. 꿈이 계속 깨질 않았다. 왜 항상 우진이 앞에 있을 때면 꿈같은 느낌일까 궁금했다. 꿈은 아니었다. 우진은 세아에게 괜찮은지 물어보고 상황을 설명해줬다.

그녀는 자신도 모르게 눈물을 흘려버렸다. 그가 괜찮냐고 계속 물었지만 그녀는 아무 말도 하지 못하다가 희미한 목소리로 말했다.

"고마워요. 저는 제 옆에 아무도 없는 줄 알았어요. 눈이 핑 돌더니 119를 누른 것 같은데 그때부터 나는 죽을 수도 있다고 생각했어요…."

세아는 눈물을 닦았지만 계속해서 흘러내리는 눈물을 막을 수 없었다. 지석은 도대체 어디에 있길래 핸드폰이 꺼져있는 거지, 하는데 순간 그가 다른 여자와 있을지도 모른다는 생각이 강하게 밀려오더니 서늘한 기운이 머릿속에 맴돌았다. 세아는 손이 떨려서 덮고 있는 이불을 꽉 쥐었다. 우진은 걱정스러운 마음에 떨리는 세아의 손을 꽉 잡아주었다.

"세아 씨 마음이 편해졌으면 좋겠어요…."

그녀는 당장이라도 그대의 따뜻한 미소, 따뜻한 언어, 따뜻한 마음이면 언제든 자신은 편안해질 수 있다고 말해주고 싶었다. 하지만 그 말을 대신해 그녀도 그의 손을 잡아 주었다.

그는 생각해봤다. 지금 그녀에게 갖고 있는 마음이 그녀에 대한 연민일까 아니면 사랑일까. 아니면 둘 다 해당되는지. 왠지 정답을 알 것 같지만 말할 수 없는 현실이 그의 가슴만 아프게 했다.

23

프랑스 책방 서울 1호점

세아는 집에서 검사 결과를 기다리는 동안 차라리 자신이 어디라도 아팠으면 싶었다. 어딘가 많이 고장 났다고 누가 옆에서 도와줘야 한다고 해주길 바랐다. 그렇게 증거라도 있으면, 들고 지석에게 가서 자기 좀 봐달라고 다른 여자에게 하는 것처럼 자신에게도 따뜻하게 옆에 있어 달라고 하고 싶었다. 몸이 안 좋다고 할 때면 혼자 집에 심심하게 있어서 생긴 우울증이라고 다그치는 그에게 아니라고 말하며 증거를 보여주고 싶었다. 하지만 그녀는 알고 있었다. 설령 그렇게 하더라도 지석에게는 이미 소용 없을 것이라는 것을. 더 이상 이

건 자신만의 이루지 못할 희망 사항이라는 것을 알고 있었다.

세아는 검사 결과가 나오기 전까지 이렇게 의미 없는 생각들만 하며 시간을 보냈다. 혼자만 남겨진 집 베란다에 서서 가만히 창밖만 보는 데에 하루의 거의 모든 시간을 할애했다. 저 멀리 작게 보이는 도로 위의 차들을 멍하니 바라보고 있기도 하고, 단지 내 놀이터에서 해맑게 미소 짓고 있는 아이들이 뛰어노는 모습을 보고 같이 웃기도 하고, 그러다 유라 또래로 보이는 아이들이 등교하거나 하교하는 모습을 볼 때면 눈물을 흘리기도 했다.

유라가 너무 보고 싶어 제주도에 내려가서 얼굴을 보고 싶었지만, 지석과 해결하지 못한 상태로 세진을 마주할 수는 없었기에 시간만 흘러가고 아직 마음의 결정을 내리지 못한 자신을 자책하기도 했다. 헤어져 달라고 혹은 나를 좀 잡아달라고 화라도 내기 위해 지석에게 가봐야지 하며 마음속으로 생각만 반복하면서 이미 두 달을 채워가고 있었다. 그 누구 보다 자신이 제일 답답한 사람이라고 자책했다.

며칠 뒤, 세아의 검사 결과가 나왔다. 그녀의 바람과 달리,

몸에는 특별한 이상이 없었다. 다시 증상이 심해지면 병원에 내원해 달라는 소견뿐이었다. 세아는 아무 이상 없다는 검사 결과에 마음만 더 답답해졌다. 아무도 자신을 알아주지 않는다는 기분에 마음속 고통은 더 커져만 갔다. 모든 눈물을 이제까지 다 쏟아내서인지 더이상 흐를 눈물도 없이 다 메말라 버렸다.

거실로 나와 커피를 내려 마시려다 그것마저 의미 없는 일이라 생각되어 냉장고에서 차가운 물을 꺼냈다. 냉동실에 있는 얼음까지 더해서 그 차가운걸 벌컥벌컥 마셨다. 차가운 냉수가 몸 안으로 들어가니 가슴이 차가워진 것을 느끼고 오른손으로 심장을 쓸었다.

식탁으로 시선을 옮기자, 우진이 북 토크에 오라고 하며 건네준 작은 팸플릿이 올려져 있었다. 날짜는 오늘이었고, 시간은 오후 두시였다. 지금 시간은 오전 아홉시.

한파가 찾아온 걸까 살짝 열어본 창문 뒤로 바람 소리가 무섭게 지나갔다. 빠르고 거칠게 지나가는 바람 따라 사람들의 발걸음도 빨라졌다. 하지만 세아의 마음만은 텅 빈 것 같아 아무 것도 눈에 제대로 들어오지 않았다.

아침도 거르고 소파에 앉아 책만 읽고 있다가 시계를 보니 정오가 되었다. 그제서야 출출한 느낌이 들었는지 식탁 위에 올려져 있는 식빵을 토스터 기에 구워내고 냉장고에서 딸기잼과 우유를 꺼냈다. 구워진 빵에 잼을 힘 없이 바르고는 우유만 다 마시고 빵은 반 조각만 먹었다. 시선은 우진의 얼굴이 들어있는 팸플릿에 고정되어 있었다. 깊게 무언가를 생각하더니 모르겠다는 듯이 고개를 젓고 머리결을 쓸어 넘겼다.

두시 정각에서 2분이 더 흘렀다.

프랑스 책방 서울 1호점

세아는 조용히 문을 열고 들어가 제일 뒷자리에 놓여있는 나무 의자에 앉았다. 우진과 눈이 마주쳐 살짝 미소를 지어 보이고는 고개를 조금 숙여 인사했다.

세아가 떠올렸던 그림과 비슷하게 아담한 공간이었다. 내부 인테리어도 전에 우진과 갔던 루하 카페같이 아늑한 느낌이었다. 카페는 연한 색의 나무로 인테리어가 되어있었다면 책방은 진한 색의 나무가 많았다. 책방 입구에 손 소독제와 마음을 차분하게 만들어주는 아로마향의 디퓨져가 놓여있는 작은 탁자부터 서가와 계산대까지 모두가 같은 색이었다.

세아는 이 분위기와 우진의 목소리까지 더해져 추웠던 가슴 속으로 따뜻한 햇살이 들어온 것 같았다. 더 이상 마음도 머릿속도 차가운 공기로 가득 차지 않았다.

우진의 목소리가 마이크를 거치니 더 따뜻하게 들렸다. 우진을 가만히 바라보는데 그의 옆에 지하로 향하는 계단도 보였다. 그런데 앞 쪽에 있던 여자가 고개를 돌려 세아를 살짝 쳐다봤다. 소희였다.

북 토크가 끝나고 소희가 세아에게 와서 인사했다.

"언니 지금 마음이 말이 아닐 텐데 이런 데 와서 위로를 받나 봐요. 안 그래도 연락하려고 했는데. 아, 여기 제 친구예요."

"안녕하세요. 소희 친구 정제이에요."하고 소희 옆에 있던 친구가 인사했다.

"언니 아시려나? 혜언 이모 딸이에요. 잘 모르겠다. 얘가 저 작가님 책을 좋아하거든요."하고 소희가 건조한 말투로 말했다.

세아는 잘 모르겠다고 했다. 그렇게 간단히 말을주고 받고 소희가 나가려고 하더니 다시 뒤 돌아서 세아를 책방 밖으로 데리고 나가 조용히 말했다.

"언니, 혜언 이모 생신이라 파티 할 건데. 언니도 오세요. 언니가 우리 집에 언제까지 며느리일지도 모르는 상황인데 마지막일지 모르는 가족 행사에 들르셔야죠. 저도 언니한테 할 말도 있고요. 오빠가 올 거라는 기대는 안 하는 게 좋아요. 지금 어디에 있으려나 모르겠네요. 저도 아빠한테 가질 않아서. 그리고…. 바람난 사람은 붙잡고 있는 거 아니에요. 제발 언니도 이젠 오빠 놔요. 저 작가님 같은 더 멋있는 남자 만나세요. 저는 처음부터 언니 우리 집에 시집온다고 했을 때 참 딱해 보였어요. 능력도 있고 외모도 이 정도면 오빠보다 더 나은 사람 만날 수 있을 텐데. 오빠랑 처음부터 안 어울린다고 생각했어요. 제가 오빠 편드는 게 아니에요. 오빠 같은 인간은 상종하지 말라고 하는 말이에요. 아무튼 저 친구랑 약속이 있는데 늦어서 가봐야겠어요. 이모 생일파티 때 봐요."

파티는 언제고 몇 시이고 어디에서 하는지 말도 없는게 정말 오라고 한 건지 갑자기 생각난 김에 불쑥 꺼낸 말인지 세아는 헷갈렸다. 잠시 잊고 있던 지석을 떠올리니 가슴만 다시 답답해졌다.

책방에 있던 사람들이 하나둘 남아서 대화하더니 다 나가자, 우진은 밖에 있던 세아에게 안으로 들어오라고 불렀다. 책방 주인은 안쪽에서 세아와 우진에게 따뜻한 유자차를 만

들어 가지고 나왔다. 우진은 형에게 세아를 간단히 소개시켜 주고 세아에게 지하를 구경시켜주겠다며 밑으로 내려갔다.

지하층으로 내려가니 일 층보다 더 많은 책들이 전시돼 있었다. 동서남북 모든 방향에 책이 가득 꽂혀 있었고, 꼭대기 층에 있는 책까지 닿아 길게 뻗어있는 사다리가 네 방향에 모두 놓여있었다. 중간에는 연한 갈색의 두껍고 긴 나무 테이블 다섯 개도 있었다. 테이블 양옆에는 벤치형 의자들이 놓여있었다. 출간되어 나와서 빛을 보지 못한 책들은 다시 돌려보내지 않고 여기에 진열해 놓는다고 한다. 그리고 이 책들 중에 한 권씩 골라 독서 모임을 갖기도 한다고 덧붙였다. 알고 보면 홍보가 부족해 많이 알려지지 않은 좋은 책들이 정말 많다며 세아에게 한 권 뽑아 보라고 했다.

『너에게』 - 서우진

"어? 우진 씨가 쓴 책인가 봐요."

"네, 맞아요. 이건 시집이에요. 제가 제일 처음 출간한 책인데 많이 알려지진 않아서 아는 사람들만 아는 책이에요."

"그런데 왜 '너'예요? 누군가를 생각하며 쓴 거예요?"

"아니요. 그냥 그땐 겉멋이 좀 들었었나 봐요." 하고 웃더니 그가 책을 쓰던 시기에 그를 스쳐 지나가던 사람들과 장소들을 '너'라는 대상으로 붙여 기억 속에 담고자 쓴 거라고 설명했다.

선비 같은 그에게 걸멋이라니, 웃음이 났지만 좀 전에 아까 소희가 가족 행사에 오라고 한 일이 생각이 나서 다시 가슴이 답답한지 자기도 모르게 조용히 한숨을 쉬었다.

"무슨 일 있었어요?"

그녀는 다 말하고 싶었다. 상대방이 우진이라서가 아니라 지금은 그 누구에게라도 자신의 답답한 마음을 다 털어놓고 싶었다. 그렇게 하면 지석과의 결말이 나올 것 같아서가 아니라 자신이 조금이라도 위로를 받을 수 있을까 싶었다. 자신의 말을 들어주는 상대가 우진이라면. 이 앞에 서있는 남자라면 다 위로받을 수 있을 것만 같았다.

"사실은 좀 답답한 일이 있어요. 어떻게 결정을 내려야 할지도 모르겠고. 아니, 알아요. 어떻게 해야 할지는 알아요. 다만, 꼭 그렇게 해야 할까라는 끊임없는 생각이 제 머릿속을 괴롭혀서 저 스스로를 힘들게 하고 있는 것 같아요. 저 참 답답하죠? 미안해요. 지금 모든 걸 털어놓을 수 없어서…. 나중에 다 말할게요."

우진은 이미 다 알고 있었다. 하지만 알고 있다고 할 수 없었다. 마음 아파하며 누군가에게는 숨기고 싶은 고민을 이젠 다 들켜버렸다고. 그것도 스스로 술에 취해 다 말해버렸다고 할 수 없었다. 이런 그녀를 그는 따뜻하게 안아주고 싶었다. 그리고 세아가 술에 취해 자신에게 했던 말을 그녀에게 도로 말해주고 싶었다.

당신이 잘못한 건 없다고. 그러니 스스로 자책하지 말라고.

우진은 아무 말 없이 세아를 바라보다가 말했다.

"세아 씨, 혹시 오늘 다른 선약이라도 있어요?"

세아는 없다고 고개를 저었다.

"저는 내일 어머니 뵈러 가려고 했거든요."

세아는 그의 어머니도 돌아가셨다고 했던 것이 떠올랐다. 우진이 이어 말했다.

"부산인데 거기까지 혼자 가기도 심심하고. 세아 씨 답답한 마음 누그러뜨리게 기차여행이라도 하실래요? 기차라도 타고 바깥 풍경 보며 아무 생각 안 하고 있으면 집에만 있는 것보다 한결 편할 것 같아서요. 불편하실 것 같으면 저 혼자 가도 되고요."

세아는 어쩐지 망설임이 없었다. 고개를 끄덕였다. 좀 전에 소희가 한 말 때문이었을까.

"그럼 지금 갈까요? 기차 시간 한번 알아볼게요."

세아는 말없이 고개를 끄덕였다.

24

부산 밤바다

세아와 우진은 기차 안에 몸을 실었다. 기차 안에서 보는 겨울의 풍경은 따뜻했다. 우진은 자신의 가방에서 책 두 권을 꺼냈다. 한 권은 자신이 썼다며 세아에게 준다고 했던 책이고 한 권은 자신이 읽을 책이었다. 두 사람은 별 말없이 달리는 기차 안에서 조용히 책을 읽기도 하고 창 밖에 보이는 풍경을 구경하기도 했다.

"어머니, 저 왔어요. 그곳에서는 이 사진 속 모습 그대로 계세요? 아버지도 잘 계시죠?"

우진이 어머니를 뵙고 있는 모습을 보니 세아의 마음이 뭉

클했다. 얼마 전 자신의 모습이 스쳐 지나갔다. 힘이 빠진 듯 한 그의 뒷모습을 보자니, 마음이 아팠다. 그녀는 건물을 등에 지고 앞에 펼쳐진 잔디밭을 혼자 천천히 걸었다. 짙은 초록색의 풀잎들이 바람에 펄럭이는 모습을 멍하게 쳐다봤다.

"잠깐 바닷바람이라도 쐬고 가도 될까요?"

"그래요."

붉게 물든 하늘을 뒤로하고 진한 노란빛의 태양은 물결이 일렁이는 바닷 속으로 유유히 사라지고 있었다. 두 사람은 파도 소리가 들리는 모래사장을 걸었다. 추운 바람이 불었고, 파도 소리도 컸지만 세아는 자신에게 불어오는 바람의 온도가 중요하지 않았다. 강하게 불어오는 이 바람이 크게 물결치는 파도와 함께 자신의 답답한 마음을 쓸고 지나가버렸으면 싶었다. 이렇게 매일 바다를 걷고 싶었다. 그리고 옆에 있는 이 남자가 다 괜찮다고 나를 뜨겁게 안아줬으면 했다.

한참을 걷고 있는데 그녀의 시선에 사람들이 횟집 앞 파란색 플라스틱 테이블에 둘러앉아 소주를 마시는 모습이 들어왔다. 세아도 왠지 술이라도 한잔 하고 싶은 마음이 생겼다. 그 마음을 눈치 챘는지 우진이 세아를 보며 물었다.

"우리도 가서 앉았다 갈래요?"

"네. 그래요."

두 사람은 소주 한 병과 콜라 그리고 모듬회를 주문했다. 서로 마주 보고 앉아 투명한 잔을 부딪혔다. 세아가 소주를 먼저 쭈욱 들이켰다. 오랫만에 바닷가에서 마시는 소주라 그런지 온몸에 전율이 느껴졌다. 모든 게 다 괜찮다고 파도 소리가 가까이 와서 속삭이는 듯했다. 그녀는 아무 말 없이 소주잔을 내려놓고 파도가 치는 바다를 쳐다봤다. 눈을 반쯤 감고 자세히 파도를 쳐다봤다. 자신에게 다가오는 것만 같았다. 우진과 두 번째 술잔을 부딪치고 입에 넣자 또다시 자신에게 파도가 다가오는 것 같았다. 이제 다 괜찮다고 말하고 파도는 다시 바닷속으로 들어갔다. 그녀는 한숨을 푹 쉬더니 턱에 두 손을 괴고 그를 바라봤다. 우진은 세아가 아무 말은 안 하지만 무슨 생각을, 무슨 고민을 하는지 다 들리는 것 같았다. 다 괜찮아질 거라고 결국엔 모두가 당신을 도울 거라고 얘기해주고 싶었다. 당신을 돕는 사람이 나라면 더 좋을 것 같다고 말해주고 싶었다. 두 사람의 이런 애틋한 마음은 언제부터였을까. 조용한 침묵을 깨고 우진이 물었다.

"괜찮아요? 너무 힘들면 그만 마셔요."

세아는 아무 말이 없었다. 두 손으로 턱을 괴고 우진을 바라봤다. 무슨 생각이 들었는지 세아는 우진을 바라보는 채로 피식 웃어버렸다. 그는 살짝 발그레진 그녀의 모습이 참 귀여웠고 사랑스러웠다. 그녀가 자신의 연인이라도 된다면 금방이라도 그녀의 입술에 입맞추고 싶어졌다. 턱을 괴고 있는 두 손을 꼭 잡아 주고도 싶었다. 그리고 꽉 안아주고 싶었다. 그리고 귓가에 속삭여주고 싶었다. 나 당신을 많이 좋아하고 있는 것 같다고. 계속 좋아할 거라고 속삭여주고 싶었다.

세아가 말했다.

“저 사실 할 말이 있어요.”

우진은 세아가 무슨 이야기를 할 지 짐작이 돼서 긴장하는 모습으로 세아를 쳐다봤다.

“저…. 남편한테 버림받은 거 같아요. 딸에게도. 동생에게도…. 그리고 엄마에게도….”

그녀의 눈에 눈물이 글썽거렸다. 금방이라도 떨어질 것 같은 눈물에 쓸쓸함이 묻어났다. 눈을 깜빡이자 그녀의 눈물이 그녀의 왼쪽 손목에 떨어져 테이블로 흘러내렸다. 우진은 뭐라고 해야 할지 몰라 가만히 그녀의 이야기를 들어줬다. 세아는 와인 바 앞에서 술에 취해 말했던 이야기들을 그대로 했다. 남편이 남동생의 여자친구와 바람폈던 일, 회사에서 자기 팀 막내와 남편이 바람 폈던 일. 하지만 아직도 자신은 용서라는 핑계와 착각으로 남편을 붙들고 있는 것. 그리고…. 자신의 어머니가 아플 때 옆에 있어 달라고 했지만 그때 그 사람은 다른 여자와 손을 잡고 있었다는 이야기까지. 다 털어놓았다. 이런 일이 있어도 아직까지 그의 손을 놓지 못하고 있다고, 자신은 참 미련한 여자라고 하더니 고개를 돌려 쓸쓸해 보이는 밤바다를 바라보고는 다시 잔을 들었다. 우진은 자신이 생각했던 것 보다 훨씬 더 인간 같지 않은 이 남자가 이 여자의 남편이라는 것이 이해되지 않았다. 한참을 울고불고 해도 모자랄 텐데 그런 슬픔마저 억누르고 참고 있는 듯한 그녀의 모습을 보고 있는것도 힘들었다. 시원하게 바람이라도 쐬고 술이라도 깨서 이런 슬픔을 계속 머릿속에 맴돌게 하고 싶지 않았다.

두 사람은 계속 걷고 또 걸었다. 안개가 서서히 뿌옇게 끼기 시작하더니, 앞에서 차 한 대가 환하게 안개등을 켜고 두 사람 앞으로 오고 있었다. 눈이 너무 부셔서 세아가 눈을 감아버리며 휘청거렸다. 우진이 세아를 잡아주려고 하는데 세아가 그대로 그의 품속에 폭 안겨버렸다. 그녀가 그의 품속에서 흐느껴 울기 시작했다. 한참을 그렇게 울었고, 그는 그녀의 등을 쓰다듬어 주며 마음속으로 말했다.

‘울고 싶은 만큼 다 울어요. 그러다보면 멈추고 싶을때가 있을거예요.’

두 사람에게 나는 향기가 은은하게 퍼지며 바람에 날아갔다.

늦은 새벽, 두 사람은 다시 기차에 탔다. 세아는 마음속 깊은곳에 따뜻한 무언가를 가득 담고 더 이상 힘들지 않겠다고, 더 이상은 이렇게 눈물을 흘리지 않겠다고 다짐하며 어딘가로 출발했다. 새벽에 출발한 기차 안에서 두 사람은 서로에게 기대어 잠이 들었다.

기차에서 내려 역 근처에 주차돼 있는 우진의 차에 두 사람이 탔다.

“같이 가 줄게요.”

“괜찮아요. 더 이상 우진 씨에게 더 많은 걸 보이고 싶지 않아요….”

“그럼 데려다만 주고 바로 갈게요.”

두 사람은 세아의 시아버지댁에 도착했다. 토요일이고 출근하지 않았다고 가정하고 지석이 집에 있을 거라고 생각했다. 우진은 바로 떠나지 않고 잠시 앞에서 세아를 기다렸고, 세아가 집으로 들어가는 모습을 지켜봤다. 남편과 무슨 일이 일어날지 몰라 긴장하며 세아가 들어간 문만 바라보고 기다렸다.

세아가 노크하고 문이 열려있는 집에 들어가자, 아버지는 소파에 앉아 사과를 먹으며 텔레비전을 보고 있었다. 세아가 먼저 인사하니 아버지가 말했다.

“어, 왔니? 지석이는 지금 집에 없다. 지석이 때문에 온 거지?”

“네…. 어디에 있나요? 핸드폰도 계속 꺼져있던데요.”

아버지가 핸드폰을 들고 지석에게 전화하자 전화가 연결됐다.

“너 어디냐?”

“네, 아버지. 저 강원도예요. 아버지 별장에 와있어요. 여기에서 좀 쉬다 갈게요”

“그래.”

아버지는 별 말없이 전화를 뚝 끊어버렸다. 그리고 세아에게 지석이 어디에 있는지 전해주더니 괜히 헛기침을 하고 살짝 문이 열려있는 안방을 쳐다봤다. 세아는 봤다. 살짝 열려였는 문 틈새로 어떤 여자의 치맛자락이 보였다. 누가 오셨냐고 묻고 싶었지만 지금 중요한 건 다른 데에 있기에 간단히 인사하고 집에서 나왔다. 세아는 우진에게 가서 창문을 사이에 두고 말했다.

"저 혹시 버스터미널까지만 데려다주시면 안될까요?"

"어디로 가시는데요? 제가 태워다 드릴게요."

"아니에요. 너무 멀어요. 근처 버스터미널까지만 데려다주시면 제가 혼자 갈게요."

우진은 세아의 흔들리는 눈동자를 보았다. 언제 다시 또 가슴이 답답하다고 하며 쓰러질지 모르는 그녀를 혼자 멀리 가게 두고 싶지 않았다.

25

강원도 별장

두 사람은 지석이 쉬고 있다는 강원도 별장으로 왔다. 우진은 세아와 지석 사이에 어떤 일이 닥칠지 모르는 두려움 때문에 세아가 차에서 내리고도 한참을 출발하지 못하고 차에 있었다.

세아는 별장 앞으로 천천히 걸어가며 숨을 크게 들이마시고 내쉬었다. 부산에서 올 때부터 생각한 모든 것들을 털어놓고 지석과 당당히 헤어지겠다고 다짐했다. 더 이상은 미련하게 자신을 책망하며 그를 붙잡지 않겠다고 다짐하고 또 다짐했다. 나무계단으로 이어진 언덕길을 올라가니 별장이 살짝 보였다. 오랜만에 보는 이 별장이 마지막이 될 순간이었다. 세아 눈앞으로 소름 돋는 광경이 펼쳐졌다. 별장 안에서 어떤 여자아이가 문을 열고 환하게 웃으며 뛰어나왔다. 유라 정도 돼 보이는 아이였다. 그 아이 뒤로 지석이 집에서는 한 번도 보지 못했던 밝은 얼굴로 아이의 이름을 부르며 달려 나왔고 둘의 모습은 흡사 딸과 아버지의 모습이었다. 그리고 그 뒤로 한 여자가 과일을 가지고 나와서 앞에 있는 테이블에 올려놓더니 위로 길게 뻗어있는 난로를 틀었다. 로렌이었다.

사실 로렌은 이태리에서 여행을 하던 중 한국계 이탈리아인을 만나 결혼생활을 하던 중 남편이 바람난 것을 알고 이혼하고 한국에 와있었다. 한국에서 무엇을 할 지 고민하다 무리해서 크게 이탈리안 레스토랑을 열었다가 장사가 잘 안되자, 접고 작은 프렌치 레스토랑을 열었던 것이다.

세아는 나무 뒤에 몸을 숨기고 숨을 가쁘게 쉬었다. 너무 소름이 돋아 머리끝이 저리는 기분이었다. 이런 장면을 보기 위해 온 것이 아니었는데 참으로 자신이 비참해지는 순간이었다. 자기 딸한테는 지금 남의 딸에게 보이는 이런 애정의 반

의반도 보여준 적이 없었다. 당장이라도 가서 소리 지르고 뺨을 있는 힘껏 치고 싶었지만 용기가 나지 않았다. 그와 함께 있는 여자에게 창피만 당할 뿐이라고 생각했다. 이제 자신만 생각하기로 해놓고선 또 다시 이렇게 무너져버린 자신의 모습이 한없이 초라했다. 천천히 무릎을 굽히고 나무에 등을 기대어 앉았다. 언덕에서 보는 풍경은 이렇게 아름다운데 자신의 뒤에 펼쳐진 광경은 너무 더럽고 추악스러웠다. 로렌과 지석의 모습에서 더러운 냄새가 풍기는 것도 같았다.

우진이 세아의 모습을 보고 달려와 세아를 일으켜주었다.

"세아 씨, 우선 차에 다시 타요. 잠깐 숨이라도 돌리고 다시 나와요. 몸이 다시 안 좋은가봐요."하고 뒤를 돌아보니 지석과 로렌 그리고 지석에게 아빠라고 하며 달려가는 아이의 모습이 보여 눈을 찡그렸다. 한심하다는 눈빛이었다. 세아가 대답했다.

"아니…. 괜찮아요. 저 지금 가서 말하고 올게요. 이렇게 다시 가버리면 또다시 언제 이 시간이 올지 몰라요."

세아가 힘겹게 말하더니 우진을 뒤에 두고 걸어가 지석에게 천천히 다가갔다. 세아의 눈빛은 비참하지도 슬프거나 아파 보이지도 않았다. 보기 싫은 사람을 보는 그런 눈빛이었다.

로렌은 아이가 화장실에 가고 싶다고 하자, 아이를 데리고 같이 자연스럽게 별장 안으로 들어갔다. 그들의 모습은 여기에서 꽤 지낸 사람들 같았다.

세아는 지석의 얼굴만 응시한 채로 천천히 걸어갔다. 지석도 자신에게 걸어오는 세아를 발견하고는 놀라서 살짝 뒷걸음질 쳤다.

"세… 세아야…. 여기는 어떻게 알고…. 아… 아버지가 그래서…."

세아가 지석의 뺨을 세게 쳤다. 있는 힘을 다해서. 이제까지 참아왔던 모든 서러움을 손에 가득 담아 때렸다. 그리고 눈에서 눈물이 주룩 흘러버렸다. 눈물만은 꼭 참아야지 그렇게 다짐을 했건만 뇌는 마음과 따로 작동했다. 세아는 하고 싶던 말이 눈물과 함께 떨어져 내려갔는지 도무지 기억이 나질 않았고 머릿속은 텅 빈 것 같았다.

그때, 별장 안으로 들어갔던 로렌이 다시 나와서 세아를 보고 인사했다.

"안녕하세요."

지석과 세아가 동시에 놀라서 로렌을 쳐다봤다. 두 사람의 심장이 빨리 뛰기 시작했다. 하지만 로렌은 안색 하나 변

하지 않고, 눈빛 한번 흔들리지 않고 차분했다. 마치 이런 일을 계획한 사람처럼 행동하는 것 같이 보이기도 했다. 그리고 세아에게 살짝 미소까지 지으며 차분히 물었다. 분명히 세아가 지석의 뺨을 때리는 장면을 봤을 것 같은데 전혀 아는척하지 않았다.

"지석 씨 아내분이신가봐요. 안녕하세요. 저는 로렌이라고 해요. 지석 씨 회사에 저희 집수리를 의뢰했거든요. 안 그래도 지석 씨 아내 분께서 이번에 안 좋은 일을 당하셨다고 들어서 저도 인사라도 드리고 싶었는데 이렇게 기회가 되네요. 같이 식사라도 하고 가세요."

세아는 지금 흘러가는 상황이 믿겨지지 않았다. 이곳에서 일초라도 더 빨리 벗어나고 싶다고 생각했지만, 세상 차분하고 예의 있게 말하는 이 여자의 호의도 무시할 수 없게 되었다.

세아는 화가 난 표정으로 지석을 쳐다봤다. 빨리 이 여자를 여기에서 보내라는 눈초리로. 하지만 지석은 어쩔 줄 몰라 우물쭈물만 하고 아무 말도 하지 않았다. 로렌은 그런 지석을 보고 그의 팔을 잡더니 음식 나르는 것 좀 도와달라며 별장 안으로 데리고 들어갔다.

세아는 그 모습을 보고 그대로 쓰러질 것 같았지만 있는 힘을 다 끌어 모아 다리에 힘을 주고 머리에도 힘을 꼿꼿하게 주며 버텼다.

길게 솟아있는 난로 옆 테이블에 로렌이 지석과 함께 식사를 날랐다. 세아는 도무지 이해가 되지 않았지만, 앞에 앉아 있는 이 두 사람이 어떤 모습을 하며 지냈는지 보기 위해 일단 자리에 앉았다. 그때, 로렌이 뭘 봤는지 잠깐만 기다리라고 하더니 세아가 왔던 방향으로 걸어갔다. 그곳에는 우진이 서있었다. 로렌은 우진의 얼굴을 사진으로라도 본적이 있는지 단번에 알아보고는 우진의 책을 읽어 본 적이 있다며 반갑게 인사했다. 그러고는 같이 와서 식사를 하자고 조르고 졸라 우진을 세아 옆에 앉혔다.

세아는 이 여자의 태도에 기겁했고 지석도 물론 놀랐다. 지석은 우진에 대해 아는 것이 전혀 없었기에 세아와 같이 온 사람일 거라는 생각은 전혀 하지 못했다. 그냥 이 동네에 어슬렁대는 청년이겠거니 생각했다.

26

4자 대면

조용하고 아늑한 별장에 겨울 햇살이 환하게 감싸고 있었다. 언덕 위에서 이곳을 비추는 하늘은 마치 우리가 다른 세계에 와 있는 듯한 느낌을 주었다. 왜 일까? 싸늘한 기운이 감돌던 서울 집과는 다른 이 따뜻한 별장 때문일까, 아니면 지금 앞에 있는 그와 그녀와 그녀의 딸 때문일까. 마음속에서 쓰리도록 뜨겁게 끓어오르는 이 감정을 애써 억누르느라 모든 체력을 소비하는 것 같았다.

한쪽에는 지석과 로렌, 맞은편에는 세아와 우진이 앉았다. 로렌의 옆, 테이블 끝에는 로렌의 딸 유리가 앉아있었다. 로렌이 딸 이름을 부르며 맛있게 먹으라고 했다. 세아는 참 어처구니없다는 표정으로 지석을 노려봤다. 지석이 자신의 딸과 이름까지 비슷하고 나이도 같은 남의 집 자식을 데리고 그동안 여기에서 지냈을 것을 생각하니 머릿속이 저려왔다.

세아가 지석을 노려보고 있는데 유리가 지석을 불렀다.

"아빠!"

세아와 우진이 놀라서 빠르게 고개를 돌려 시선을 유리에게 향했다가 지석에게 고정했다. 지석의 얼굴도 놀라서 붉게 달아올랐다. 지석은 몸이 뻣뻣하게 굳어서 뭐라도 변명해야 할듯한 목소리로 말했다.

"아니, 이 아이 아빠가 한국에는 지금 안 계시거든. 자꾸 나랑 아빠의 모습이 닮았는지 이렇게 부르네. 왜 자꾸 이렇게 부르는지 모르겠어. 한국말을 잘 못 해."

'자꾸? 도대체 이 아이 데리고 얼마나 같이 있었던 거예요?'하고 소리 지르며 묻고 싶었지만 소리내는 기관이 고장난 건지 속에서만 답답하게 맴돌았다.

세아의 손이 떨려서 손에 쥔 나이프를 꽉 쥐었다. 유리가 다시 말했다.

"저 한국말 잘하는데요? 왜 그래요, 아빠?"

로렌은 혼자 차분한 표정이었고, 이렇게 말했다.

“에이, 유리야. 아무리 아빠랑 닮았어도 네 아빠가 더 잘 생겼지. 안 그래?”

지석이 당황해서 말했다.

“아…. 그… 그래?”

자신에게는 매일 무뚝뚝하게 말도 안 되는 대꾸나 하더니 이 집 여자들에게는 찍소리 못하는 모습을 보고 있으니 세아는 없던 병까지 더해질 것 같았다. 잠시 테이블 위에는 적막이 흘렀다. 로렌이 그 적막을 깨고 우진과 세아를 보며 물었다.

“서우진 작가님, 프랑스에 사신다고 들었는데 한국에 오셨나 봐요. 예전에 ‘프랑스에 사는 한인들’ 다큐멘터리에서 봤어요. 저는 그때 이태리에 있었거든요. 그런데 두 분은 무슨 사이세요? 여기에 같이 오신 거 같은데….”

세아가 당황하자, 지석은 우진과 세아를 번갈아가며 쳐다봤다. 로렌을 뺀 나머지 세 사람은 도대체 이 여자의 꿍꿍이가 무엇일까 궁금할 지경이었다. 세아는 제발 나 좀 살려달라고 그만 좀 하라고 소리라도 지르고 싶었지만 유라 같은 여자아이가 옆에 있으니 그 말을 꾹꾹 눌러 마음속에서만 맴돌게 두었다.

아무 말 하지 못하고 입을 다물고 있는 세아 대신에 우진이 입을 열었다.

“프랑스에서 제가 참여하는 모임에 나오시는 분이 세아 씨와 많이 친하세요. 그 분이 세아 씨가 요즘 몸이 안 좋은데 혼자 있다고 하면서 제가 한국에 있으니 병원에 데려가는 걸 도와주라고 부탁했어요. 얼마 전에는 세아 씨가 아파서 응급실에도 실려 갔었는데 그 몸을 하고 강원도까지 가야한다길래 걱정되서 데려다만 드리고 가려던 참이었어요.”

지석은 세아가 아팠다니 걱정은 됐는지 세아에게 물었다.

“어디가 아픈데 응급실까지 갔어? 나한테 연락이라도 하지. 지금은 괜찮아?”

자신에게는 문자만 한 번 보내고 핸드폰을 계속 꺼 놓았던 지석이 로렌 앞에서는 체면이라도 차리고 싶어 하는 것 같아 이제는 그의 모습이 딱해 보이기까지 했다.

세아가 소희를 만났던 일이 기억이 났는지 입을 열었다.

“당신 혜언 이모라고 아세요? 그분 생신이라고 내일 가족들 모여서 파티를 한대요. 소희 아가씨가 어제 얘기해줬어요.”

“아, 그래…?”

로렌이 이 말을 듣고 급하게 말했다.

"그러면 저도 가도 되죠? 우리 유리도 데려갈게요. 둘만 있으니 심심해서 그래요."

우진이 어이없다는 표정으로 로렌을 쳐다봤다. 로렌은 그 우진의 표정을 읽었다는 듯이 다시 말했다.

"작가님도 같이 가세요. 이왕 이렇게 다 같이 밥도 먹은 사이인데 우리도 못 갈 이유 있나요? 지석 씨, 저희 초대해줄 거죠? 유리야, 너도 가고 싶지?"

"네!"

세아가 유리를 유심히 보니, 몇 달 전 자신이 유라 입학 선물로 사줬던 원피스와 똑같은 옷을 유리가 입고 있는걸 알게 됐다.

"옷 예쁘다. 엄마가 사주셨니?"

"아뇨, 여기 엄마 옆에 있는 아빠가요."

설마 유라꺼를 준 건 아니겠지 싶었는데 지석이 얼버무리며 "유라가 안 입는 것 같아서 새 거라 내가 들고 왔어."라고 했다.

속이 아까부터 슬슬 쓰리더니 더 심해져 결국 세아는 테이블 밖으로 나와서 배를 잡고 웅크렸다. 지석이 그 모습을 보고 놀라 벌떡 일어나면서 앞에 있는 물잔을 쳐서 잔이 깨졌고, 오른손에 쥐고 있던 나이프로 자신의 왼손을 스쳐 피가 났다.

우진이 자리에서 나와 세아에게 괜찮냐고 물었다. 병원에라도 가봐야 할 것 같고 이 자리에서도 벗어나고 싶은 마음에 세아를 부축하고 차로 데려갔다. 세아는 우진의 도움으로 차 뒷좌석에 앉았다. 지석은 세아와 우진의 사이를 의심할 틈도 없었다. 피가 흐르는 자신의 왼손만 붙들고 많이 아픈지 방방 뛰며 세아와 우진의 뒤를 따라갔다.

27

눈사람 같은 그녀

근처에 있는 큰 병원으로 세 사람이 들어갔다. 지석은 한쪽에서 다친 손을 치료받기 위해 대기석에 앉아 자신의 차례를 기다렸고, 세아는 위내시경 검사를 받았다.

지석이 치료를 받고 나와 우진과 세아가 있는 곳으로 갔다. “별장에 내려드리면 되나요?”하고 우진이 묻자, “내일 혜언이모 생신 파티도 있고, 저는 음주운전으로 면허도 정지돼서 차도 없어요. 그냥 차 좀 얻어 타고 서울까지 가도 될까요? 목적지가 어디예요?”하고 지석이 아무렇지 않게 물었다.

세아는 지석의 매너 없는 말투가 창피해서 고개를 돌리고 눈썹을 찌푸렸다. 이렇게 세 사람은 얼떨결에 우진의 차에 같이 타게 되었다.

운전은 우진, 그 옆 조수석에는 지석, 그 뒤에는 세아가 앉았다.

우진이 시동을 걸자, 지석이 먼저 우진에게 말을 걸었다.

"희수 씨 친구분이세요?"

"아, 네."

"많이 친한 사이인가 봐요. 우리 와이프까지 돌봐달라고 할 정도면. 둘이 사귀는 사이인가요?"

"네?"

"뭘 그렇게 놀라요. 희수 씨가 빠질만하니 물어보는 거예요. 딱 봐도 여자들한테 인기도 많을 것 같은데 한국에 온 김에 희수 씨 몰래 여자친구 하나 만들어 놓고 가요."하고 말하더니 지석은 혼자 낄낄대며 정말 교양 없어 보이게 웃었다.

세아는 그 모습이 너무 창피해서 금방이라도 차에서 내려 어디라도 숨고 싶은 심정이었다. 우진도 너무 어처구니가 없어서 이렇게 말했다.

"그럼 저도 뭐 하나 물어볼게요. 아까 같이 계셨던 여자분이랑은 아주 친하신 가봐요?"

"네? 아…. 뭐 그냥. 사장대 고객으로 본 거죠. 그러다 좀 친해진 거고요. 그게 다예요. 왜요? 저도 뭐 몰래 여자친구라도 만들어 놓은걸 까봐요? 하하."

세아는 제발 그만했으면 해서 표정이 일그러졌고, 차가운 바람이라도 쐬게 차창을 활짝 열었다. 위염이 더 심해지는 것 같았다. 우진은 더 이상 말을 시키면 안 될 것 같아 입을 다물고 아무 말도 하지 않았다. 지석이 뭐라고 물어보면 네. 아니요. 라고만 대답하다가 나중엔 안되겠는지 라디오를 크게 틀었다.

눈이 조금씩 내리기 시작하더니 눈발은 더 강해졌고, 라디오에서는 눈보라가 심하게 칠 예정이니 운전에 각별히 주의하라는 경고까지 했다. 시간이 조금 더 지나니 세 사람의 핸드폰에 눈보라 경고 문자까지 크게 울렸다.

시간은 저녁 여덟 시가 넘어갔고, 눈보라에 안개까지 껴서 시야가 많이 가려졌다. 길도 어두워져서 운전하기가 점점 위험해졌다. 차들은 하나둘씩 비상등을 켜기 시작하더니 차들이 고속도로 한복판에 주차하듯 멈춰 섰다. 몇 분을 그렇게 멈춰선 차 안에서 기다리고 있으니, 앞에서 경찰관들이 손전등을 들고 다가오면서 마이크에 대고 말했다.

"앞에서 차가 미끄러지면서 가드레일을 박고 그 뒤로 삼중 추돌 사고가 났습니다. 고속도로 길도 미끄러워서 차가 견인되는데 오래 걸릴 겁니다! 앞에 보이는 출구로 천천히 빠져나가세요. 급한 일 없다고 가만히 계시면 뒤에 급한 차들이 못 나가니 모든 차가 나가셔야 합니다!"

다행히 우진이 운전하고 있는 차는 출구에서 멀지 않았고, 출구에 가까이 있는 차량들부터 출구를 천천히 빠져나가기 시작했다. 하지만 눈보라가 더욱 심해지면서 이대로 서울까지 가기에는 누가 봐도 무리였다. 눈은 쌓이고 쌓여 길은 미끄러웠고, 동네에는 가로등도 별로 없어 어두웠다. 동네를 유심히 살펴보던 지석이 핸드폰으로 뭔가를 계속 검색하다가 말했다.

"여기 근처에 호텔이 있네요! 오늘 밤은 여기에서 자고, 내일 아침에 바로 이모한테 가면 되겠다. 저기 앞에서 왼쪽으로 꺾으세요."

지석은 나머지 두 사람의 의견을 묻지도 않고 우진에게 호텔로 가는 방향을 알려줬다. 세아는 요즘 지석의 회사에 일도 없는 걸 알기에 지석이 말하는 큰 호텔 말고 근처에 작은 곳이라도 먼저 보이면 가자고 했지만 지석은 들은 척도 하지 않았다.

지석이 룸 두 개를 쓰겠다고 예약하는데 우진이 자신의 카드로 결재해달라고 앞으로 내밀었다. 지석은 괜찮다며 자신의 카드로 결제해달라고 카드를 다시 내밀었지만, 한도 초과였다. 결국 계산은 우진이 했다. 도대체 그동안 로렌에게 뭘 그렇게 사다 바쳤길래 카드까지 한도초과인지 화가 치밀어 올랐다. 세아는 지석과 같은 공간에서 있다가는 위염이 더 악화될 것이라는걸 예상하고 룸 세 개로 하라고 말했지만 지석은 몸도 안 좋은 사람이 혼자 있으면 어떻게 하냐며 세아의 제안을 거절했다. 우진은 그 모습을 지켜보며 한숨을 푹 쉬었다. 상태가 많이 안 좋은 세아가 안쓰러워 어떻게든 도와주고 싶었지만 일을 크게 벌리면 안 될 것 같아 조용히 있었다.

세아와 지석 그리고 우진이 나란히 옆 호실에 묵게 됐다. 지석은 들어가자마자 피곤하다며 씻고 그대로 잠이 들었다. 세아는 깨워서 오늘 낮에 얘기하려던 것을 얘기하고 싶었지만 내일까지 꼼짝없이 같이 있어야 하니 그대로 자게 뒀다. 창가에 있는 의자에 기대고 앉아 창밖에 내리는 눈을 바라봤다. 아파트 앞 루하카페에서 우진과 같이 봤던 눈은 참 예뻤는데 지금 내리는 눈은 참 쓸쓸해 보였다.

세아의 마음은 안 좋은데 지석의 코 고는 소리는 더욱 커졌다. 세아는 재킷을 들고나와 일 층 로비로 내려갔다. 눈보라 때문에 사람들이 호텔로 많이 몰린 듯했다. 라운지 카페에는 장시간 운전으로 지쳐있는 사람들이 따뜻한 음료로 차가운 몸을 녹이고 있었다. 그중 한 남자와 눈이 마주쳤다. 우진이 혼자 내려와서 따뜻한 차를 마시고 있었다. 세아는 우진의 테이블에서 따뜻한 우유를 마셨다. 그리고 약을 꺼내 먹으려고 하는데 우진이 말했다.

"속은 좀 괜찮아요? 뭐라도 먹고 약을 먹어야 할텐데. 여기 죽이라도 파는지 아니면 만들어 줄 수 있는지 물어보고 올게요."

세아는 우진이 가져온 따뜻한 채소죽을 반 정도 먹었다. 속이 많이 비어있던 상태라 다 먹지는 못했다. 다시 지석이 있는 곳으로 올라갈 생각을 하니 마음이 다시 답답해졌다. 그래서 우진에게 말했다.

"밖에 많이 추우려나요? 약 먹기 전에 잠깐 나가서 소화라도 시킬 겸 걷다 오고 싶은데."

"좀 걸을래요? 아까보다는 눈이 덜 내리는 것 같아요. 제 차에 담요랑 두꺼운 점퍼 있으니 그거 걸치세요."

우진이 차 안에서 꺼내준 두꺼운 점퍼로 위로 한 겹 더하고 다리에는 담요까지 감으니 세아의 모습이 마치 눈사람 같았다. 몸도 마음도 따뜻해졌다. 이렇게 그와 함께 오래오래 걷고 싶다는 생각을 했다. 앞으로 걸어가며 세아가 말했다.

"저 보면 답답하죠?"

"네?"

"다들 그래요. 친구도. 동생도. 심지어 시댁 식구들도 다 같을 거예요."

세아는 한숨을 한번 쉬더니 계속 말을 이었다.

"저도 제가 왜 이렇게 답답한지 모르겠어요. 저는 그저 제 딸과 남편과 웃으면서 행복하고만 싶다는 건데. 이게 참 쉬운 것 같고 단순한 거 같은데 왜 그렇게 어려운지 모르겠어요. 엄마 돌아가시고 집에 덩그러니 혼자 남겨져서 베란다에서만 살았어요. 밖에 사람들 구경하면서요. 다른 사람들은 어떻게 살고 있는지도 궁금해졌고요. 전에 유라랑 남편이랑 다 같이 살 때는 그런 게 안 보였거든요. 그저 남편이 행복할 수 있게만, 제 딸이 행복할 수 있게만 하고 싶어서 두 사람 외에는 아무 것도 안 보였던 것 같아요. 이 두 사람이 행복해야 내가 행복한 것 같아서 제가 좀 손해 보더라도, 제가 좀 민망한 순간이 있더라도, 다른 사람들이랑 있을 때 일부러 거짓말을 해서라도 남편과 딸을 높여주면서 살았어요. '그게 내가 행복해지는 길이다.'라고 생각하면서요. 제가 결혼한다고 했을 때 주변 친구들이 그랬거든요. 결혼하면 남편과 자녀의 행복지수에 따라 여자의 행복지수도 달라지니 그냥 누군가의 아내, 누군가의 엄마로 열심히 사는 게 편하다고요. 세상에는 수많은 사람들이 있는데 그중에 고작 몇몇 주변 사람들이 얘기한 것만 그대로 믿고 살았나봐요. 그동안 제 마음은 곪아가고 있었는데, 혼자 행복하다고 착각하며 살고 있었던 거예요."

"가족이 행복한 데서 오는 만족감이 자신의 행복일 수도 있지만, 가족이 느끼는 행복함이 내 자신과 연결되지 않는다면 그게 나의 진정한 행복일까요? 일단 자신이 먼저 행복해지고 마음이 단단해져야 다른 사람들에게도 그 단단한 사랑을 심어줄 수 있는 것 같아요. 저도 세아 씨처럼 그렇게 사랑하다가 결국엔 저만 망가지고 헤어졌잖아요. 12년을 그렇게 지내다가 헤어지고 나니까 알겠더라고요."

세아가 걸음을 멈춰서 우진을 봤다. 그리고 말했다.

"이제는 제 마음이 왜 힘들었는지 이유도 알았고, 앞으로 어떻게 해야 할지도 알겠는데…. 그런데 막상 상황이 닥치면

입이 안 열려요. 그래서 모든 것이 더 악화되는 것 같아요.”

눈사람 같은 세아의 모습은 귀엽기도 하고 쓸쓸해 보이기도 했다.

세아가 다시 말을 이어갔고, 우진은 가만히 들어줬다. 이렇게 그녀가 다 털어놓으면 한결 편안해지리라고 믿으며 그렇게 조용히 그녀의 이야기를 다 들어주었다.

“이번에 프랑스 갔을 때 희수가 그러더라고요. 발코니에 앉아서 같이 맥주 마시고 있었는데, 예전 학교 다닐 때 얘기를 하면서 저한테 그때로 돌아왔으면 좋겠다고 하더라고요. 결혼하고 유라까지 낳더니 제 모습이 많이 바뀌었대요. 저는 자연스럽게 변해간다고 생각했었는데 친구가 보는 제 모습은 그게 아니었나 봐요. 언제는 비참해 보이기도 했대요. 유라 아빠 바람피운 거 알고도 모른 척하는 제 모습이 그랬대요. 그렇게 말하더니 혼자 울컥 하더라고요. 그때 맥주도 한잔 하고 나서 인지라 감정이 터져나왔나 봐요. 그때 정신이 정말 바짝 들더라고요. 왜 그동안 제가 힘들었는지. 정말 몰랐거든요. 처음에는 단순히 산후 우울증이겠거니, 다 지나가는 거니까 이 말만 하면서 살다가 구 년이 다 되어가네요. 희수 참 좋은 친구예요. 그 친구 없었으면 제 인생이 더 힘들었을 것 같다는 생각을 해요."

바람이 조금 잦아든 건지 마음이 따뜻해져서 그런 건지 얼어있던 몸이 좀 풀린 것 같았다. 천천히 걷던 두 사람은 옆에 보이는 벤치에 몸을 기대어 앉았다. 세아가 깜깜한 하늘로 고개를 들고 눈을 반쯤 감더니 희미하게 별을 찾는 듯 했다. 그리고 말했다.

"새벽에 부산에서 서울로 가는 기차 안에서 꿈을 꿨어요. 제 앞자리에 돌아가신 엄마가 앉아 있더라고요. 저를 보고 가만히 미소를 짓고 계셨어요. 그러더니 저한테 엄마가 했던 말 잊지 않았지? 너는 할만큼 했어. 이젠 너 자신을 사랑해 줄 차례야. 이렇게 말하는 거예요. 제가 막 우니까 엄마 모습이 조금씩 희미해지더니 안 보이더라고요. 눈을 떠보니 앞자리에 계신 아주머니랑 눈이 마주쳤어요. 저를 보시고는 살짝 눈인사를 하시는데 눈물이 쏟아질 것 같아서 그대로 고개를 숙이고 눈을 감아버렸어요. 그때 생각했어요. 그래 이제는 마음먹은 대로 해야겠다. 그래야지."

세아가 이렇게 우진과 대화하고 있는데 세아의 핸드폰이 울렸다.

세아의 핸드폰은 지석이 자고 있는 방 창가 테이블에 놓여

있었다. 진동음이 계속 울렸다. 몇 번을 울리고 끊어지더니 다시 울리기 시작했다.

지석이 눈을 감은 채로 세아를 몇 번이고 불렀는데도 대답이 없어, 일어나 세아의 핸드폰을 봤다.

희수였다.

손이 다친 것도 잊어버리고 다친 손으로 핸드폰을 잡다가 아파서 소리를 질렀다. 세아가 화장실에 있는 줄 알고 핸드폰을 들고 화장실로 갔지만 그곳에도 세아는 없었다. 결국 지석이 전화를 받았다.

"희수 씨!"

"어? 깜짝이야, 누구세요? 이거 한세아 핸드폰 아닌가요? 죄송합니다. 잘못 걸었나 봐요."

희수가 그냥 끊어버렸다.

"뭐야? 남자 목소리면 당연히 나라고 생각해야하는 거 아냐? 그냥 끊어버리네?"

핸드폰이 다시 울렸고, 지석이 다시 받았다.

"저예요! 희수 씨, 저 세아 남편 강지석입니다! 끊지 마세요!"

"네? 세아는 어디에 있고 왜 지석 씨가 받나요? 세아 바꿔

주세요.”

“왜 화를 내고 그러세요? 지금 저한테 화내신 거 맞죠?”

“제가 화를 냈다고요? 아뇨.”

“맞잖아요! 근데 왜 전화했어요? 그리고 왜 항상 희수 씨는 저한테 차갑게 대하는 건가요? 저는 희수 씨 참 좋은 사람이라고 생각하는데.”

희수가 혼자만 들리는 목소리로 말 같지도 않는 소리한다며 중얼거렸다.

“솔직히 말할까요? 그래도 돼요? 안 그래도 저 지금 술기운도 있겠다 한번 말하면 다 퍼부어버릴지도 몰라요. 저 좀 많이 취했거든요.”

“네. 그러세요. 저도 늘 궁금했으니까.”

“그럼 먼저 하나만 물어볼게요.”

“아, 네네. 물어보세요.”

“지석 씨는 왜 세아랑 결혼했어요?”

“네? 뭐 그런 질문을 해요.”

희수는 말이 없었다. 아마 지석이 대답할 때까지 묵언수행을 하겠다는 듯이 조용히 그의 답변을 기다렸다.

“세아는 예뻤어요. 똑똑하고. 화장 안 해도 참 청순하고, 귀엽고, 사랑스럽고 뭐 그랬어요. 그래서 결혼했죠."

"회사에 필요해서 그랬다는 건 왜 빼고 말하나요?"

"네? 그건 또 어떻게 알고…."라며 지석이 말끝을 줄였다.

"저는 그런 세아가 그리워요. 남들한테 인정도 받고, 자기 스스로도 자신에게 만족하던 세아가… 그리워요. 그런데 지석 씨는 예전에 그랬던 세아가 지금은 어때 보여요?"

지석은 아무 말이 없었다. 딱히 떠오르는 이미지가 없었기 때문이다. 잠시 고민하더니 말했다.

"유라 엄마지요. 제 아내이고. 그 자리에서 열심히 하고 있어요. 그리고 이제 유라도 학교 들어갔으니 시간 많아요. 얼마 전에는 회사에 나온다는데 뭐 하러 힘들게 그러냐고 했어요. 솔직히 요즘에 저 같은 남편도 없어요. 다들 와이프도 나가서 돈 벌어오길 바라지. 저는 돈 벌어서 딱딱 갖다주고 세아도 내색은 안 하지만 나랑 결혼한 거 무지 만족할 거예요. 안 그래요?"

"뭐?"

"네? 지금 저한테 뭐냐고 했어요?"

"아니에요. 저 옆에 있는 친구한테 한 소리에요. 그리고 유라도 컸는데 세아 하고 싶은 것도 좀 하게 놔줘요. 걔 재능 많은 애예요. 아니다. 내가 지금 지석 씨랑 무슨 얘기를 하고 있는 건지 모르겠네요. 세아는 어디에 있길래 핸드폰을 계속 지석 씨가 들고 있는 거예요?"

"저도 몰라요. 그리고 우리 지금 서울 아니에요. 나중에 다시 전화해보세요. 얘는 정말 어디에 있는 거지…."

"뭐?"

"왜 자꾸 뭐, 뭐, 거려요?!"

"제 옆에 있는 친구한테 그러는 거예요. 그럼 끊을게요. 세아 오면 저한테 전화 좀 하라고 해줘요. 끊을게요."

지석은 핸드폰을 보고 인상을 찌푸렸다. 세아가 어디에 있는지 몰라 바로 침대에 누웠지만 금방 다시 일어났다.

우진과 세아는 벤치에 앉아서 한참을 더 대화했다. 차가운 공기 속에 오래 앉아 있어서인지 세아가 춥다는 듯이 두 손을 양 볼에 대고 있었더니 우진이 물었다.

"춥죠?"

"네, 이제 들어가야겠어요."

두 사람이 일어나서 문 쪽으로 걸어가는데 앞에서 지석이 세아 핸드폰을 들고 밖으로 나오다 그들이 같이 있는 걸 보고 말았다.

“뭐야 두 사람? 언제부터 여기에 있던 거야?”

세아는 잠시 멈칫했고, 우진은 당황하지 않고 지석의 눈을 쳐다봤다.

“속이 좀 안 좋아서 죽 사 먹고 소화 시키려고 좀 걸었어요. 이제 약 먹으려고요. 추운데 들어가요.”

지석은 우진을 찡그린 눈으로 쳐다보며 이 남자는 뭔데 내 와이프랑 이렇게 친한 건지 모르겠다고 생각하더니 뒤돌아 먼저 들어갔다. 셋이 엘리베이터에 같이 타고 문이 닫히자, 지석이 세아를 쳐다봤다. 세아는 지석의 눈빛을 보더니 “왜요?” 하고 물으며 우진과의 대화를 혹시라도 들은건가 긴장해서 시선을 밑으로 내리는데 지석이 세아의 핸드폰을 내밀었다.

“희수 씨한테 전화 왔었어.”

“희수가요?”

“응, 그쪽 여자친구요!”

지석은 우진을 보고 혼자 히죽거리며 웃더니 이어 말했다. “희수 씨 어디가 그렇게 좋으세요? 그쪽이 좀 많이 아까운 거 같아서요.”

지석은 혼자 어깨를 들썩이며 애써 참는듯한 웃음을 지었다. 세아는 아랫입술을 깨물고는 우진에게 미안하다는 표정을 지었다.

지석과 우진은 먼저 각자의 룸으로 들어갔고, 세아는 엘리베이터 왼쪽에 보이는 큰 창가에 기대어 희수와 통화했다.

"희수야! 전화했었어?"

"응, 너 핸드폰 두고 어디에 갔던 거야? 나 지석 씨랑 괜히 통화했잖아."

"정말? 너한테 걸려온 전화를 왜 받은 거지?"

"나도 모르지. 나랑 친한 척 하려고 하는 건지 내가 그냥 끊으려고 하니까 나한테 막 말 걸더라."

"뭐라고?"

"나한테 왜 자기를 싫어하냐는 둥. 나 이제 운전해야 돼서. 전화 끊어야 돼! 이따 내가 다시 전화할게! 근데 너 지석 씨랑 둘이 어디 놀러 간 거야?"

"놀러 온 거는 아니고…. 강원도에 왔다가 서울 가는 중에 눈이 너무 많이 내려서 근처 호텔에서 하룻밤 자고 내일 올라가려고."

"눈이 많이 내리나 보네? 아무튼 이따가 다시 전화할게."

세아는 쉽게 잠들지 못했고, 이불 속에서 좀 전에 우진과 밖에서 대화했던 내용을 다시 한번 곱씹어봤다. 옆에 누워서 코 골고 아무 걱정 없이 잠들어 있는 이 남자와 달리 나의 걱정과 고민에 대해 관심 가져주는, 자기 자신보다 나를 더 이해해주려는 그 남자를 계속 생각했다. 창밖에 내리는 차가운 눈도 그 남자와 함께 맞으면 얼어있던 마음이 사르르 녹아버리는 그런 마법 같은 시간을 마음속에 저장해 뒀다. 또 다시 마음이 쓸쓸하고 외로울때 다시 꺼내 보리라.

아침이 되었다. 세아는 세 사람 중 제일 늦게 잠들었고, 제일 먼저 일어나서 로비로 내려갔다. 제일 먼저 일어난 줄 알았는데 우진이 로비에 있는 벤치 형 의자에 앉아 책을 읽고 있었다.

"잘 잤어요?"

"네…. 우진 씨도 잘 잤어요?"

잘 자고 일어났는지만 서로 주고받았는데 그 인사가 세아의 얼굴을 뜨겁게 했다. 밤새 옆에서 코골며 자고 있던 남자와 다른 이 남자는 도대체 어디에서 나타나서 나의 마음속에 쌓여있던 차가운 얼음들을 녹여주는 것일까 생각했다.

28

화려했던 그날의 생일파티

어젯밤 잠들 때까지만 해도 눈보라가 여기저기 휘휘 날리더니 날이 밝자, 나무를 덮고 있던 새하얀 눈도 다 녹아 보이지 않았다. 햇볕도 뜨겁게 내리쬐어 금세라도 봄이 올 것만 같은 날씨였다.

서울에서 조금 떨어진 남양주 외곽에 있는 혜언 이모의 집에서 생일파티가 시작됐다.

혜언의 친한 친구 정혜의 딸 예진이 플루트를 전공했다. 예진은 같은 학교를 졸업한 첼로, 바이올린, 피아노 연주하는 친구들을 데리고 왔다. 그들은 다 같이 모여 한쪽에서 클래식 연주를 하고 있었다. 집은 3층으로 꽤 컸다. 정원에는 나무도 여러 그루 심어져 있었고, 여러 꽃들이 제각기 자신의 색을 뽐내며 피어 있었다. 들리는 소문에는 혜언의 남편이 외국에서 크게 사업을 하고 있다고 했다.

혜언은 몸에 딱 붙는 와인빛의 벨벳 드레스를 입고 위에는 연한 회색 퍼를 걸친 채로 집에서 우아하게 걸어 나왔다. 롱 드레스 사이로 은색 하이힐에 박힌 다이아 같은 것들이 반짝 반짝 빛났다. 그 뒤로 혜언의 친구 정혜가 걸어 나오며 예진의 공연을 확인했다.

혜언의 지인들이 하나둘씩 들어오기 시작했고, 지석의 고모, 고모부, 그 외 가족 지인들, 심지어 정혜의 지인들까지 왔다. 사람들은 마당 한가운데 마련된 핑거푸드 주변에 모여 한 손에는 칵테일이나 와인 잔을 들고 서성이며 간지러운 웃음을 짓고 있었다.

우진은 얼떨결에 세아와 지석을 위해 운전해주며 여기까지 오게 됐다.

세아가 우진에게 고맙다고 인사하며 차에서 내리려고 하는데, 지석이 우진을 보고 말했다.

"여기까지 데려다주셨는데 들어가서 뭐라도 좀 드시고 가세요. 이제 점심시간 때라 출출하실 텐데."

세아가 우진에게 제발 들어오지 말아 달라고 소리치는 듯이 쳐다봤다. 지석과 자신의 냉랭한 기운을 그에게 더 이상 보이고 싶지 않았고, 지석의 가족들에게 제대로 된 취급을 못 받고 있는 것도 보여주고 싶지 않았다.

"아니요. 전 괜찮습니다."

세아가 속으로 안도의 한숨을 쉬었다. 우진에게 고개를 살짝 숙여 인사하고 문을 닫으려고 하는데, 지석이 계속 차에서 안 내리고 말했다.

"그래도 제가 죄송해서 그럽니다. 강원도까지 저희 와이프도 데려다주셨고, 병원도 데려다주셨고, 또 여기까지 데려다주셨는데 제가 어떻게 그냥 보내 드립니까. 사람들도 많아서 눈에 띄지는 않을 거예요. 점심만 드시고 가세요."

지석은 남에게 베푸는 데에는 관심이 없었다. 그저 허영심만 가득하고, 허세가 충만해서 누군가에게 자신의 좋은 것은 다 보여주길 원하는 사람이었다. 만약 혜언 이모네 댁이 이렇게 화려하지 않았더라면 고맙다는 짧은 인사와 함께 차에서 내려서 뒤도 돌아보지 않고 가버렸을거다.

우진은 지석과 같이 있고 싶은 마음이 전혀 없었다. 지석의 제안을 계속 거절했다. 하지만 계속해서 지석이 차에서 내리지 않고 끝까지 자신의 인맥을 과시하려고 했다. 우진은 지석이 계속 안 내리고 자신이 내릴 때까지 버틸 것처럼 굴어서 지석을 한번 귀찮다는 눈빛으로 쳐다보더니 그럼 잠깐만 내렸다 가겠다고 했다. 지석은 표정이 밝아져서 차에서 내려 우진의 주차를 괜히 도와줬다. 세아의 표정은 일그러졌고, 한숨을 푹 쉬고 뒤돌아섰다.

세 사람이 같이 집 안으로 들어가니 혜언과 정혜가 그들을 반겨줬다. 어쩐지 정혜는 우진을 알아차리는 듯 힐끔 쳐다보더니 혜언에게 조용히 속삭였다.

"저분 서우진 작가 아니야? 맞지? 우리 전에 프랑스 갔다가 일부러 작가님 서점도 찾아가고 그랬잖아. 기억나지?"

혜언은 정혜가 조용히 속삭이고 있는데 문득 기억이 났는지 큰소리로 주변 사람이 다 들리도록 말했다. 마치 이런 사람이 자신의 생일파티에 왔다고 광고하는 듯이.

"어머나, 서우진 작가님 아니세요! 프랑스에서 서점도 하시고. 맞죠? 와, 제 생일파티에 오시다니요! 저랑 얘랑 2년 전인가 3년 전인가 파리에 갔을 때 작가님 서점에도 찾아가서 인사도 했었는데 기억 못 하시겠죠?"

우진이 난처한 표정을 살짝 짓더니 바로 공손하게 다시 미소 지으며 혜언의 악수를 받아줬다.

정혜가 불쑥 우진에게 물었다.

“저기…. 작가님 여기에는 어떻게 오신 거예요?”

지석이 끼어들며 말했다.

“제가 아는 분이에요. 밤새 같이 있었어요. 계속 운전하시느라 피곤하니까 다른 친구분들에게 가보세요.”

세아가 이게 무슨 말인가 싶은 표정으로 지석을 쳐다봤다.

지석은 우진과 세아에게 음식 좀 먹으라고 하면서 앞장섰다. 세아가 뒤에서 조용히 지석에게 물었다.

“그런데 혜언 이모라는분은 누구세요? 저는 처음 뵙는 것 같은데.”

“나 어렸을 때부터 친했어. 혜언 이모 딸이 소희랑 친하거든. 그리고 저기 플루트 연주하는 애도 소희랑 친구고. 이렇게 셋이 어렸을 때부터 같은 초등학교 다니면서 친해. 플루트 연주하는 애는 정혜 이모 딸이고. 셋이 친하다보니 부모님들끼리도 친해졌고, 그래서 우리 집이랑 거의 주말마다 가족들끼리 같이 놀러 다녔어. 그러다 어머니 돌아가시고부터는 모이지 않는 것 같더니 언제부터인지 다시 만나는 것 같더라고. 혜언 이모는 그 이후에 이혼한 것 같다고 했는데 그건 나도 자세히 몰라. 혜언 이모는 워낙 소희를 예뻐했으니까 어머니 돌아가시고도 나랑 소희 챙겨준다고 종종 들르셨고. 저기 혜언 이모 옆에 계시는 정혜 이모는 워낙 조용하셔서 나도 잘 모르고. 남편분은 해외에 출장을 자주 다니신대. 혜언 이모 남편이랑 같이 일하신다는 것 같았어. 어렸을 때 가족들끼리 놀러 가면 혜언 이모네는 매번 오셨는데 정혜 이모네는 한 달에 한 번, 두 달에 한 번 꼴로 오셨었어. 어머니랑 정혜 이모랑 별로 사이가 좋아 보이지 않았거든. 무슨 돈 문제가 있다고 했던 것도 같고."

지석이 얘기하는 중에 소희가 혜언의 딸 제이와 같이 집에 들어오며 인사하는 바람에 지석의 이야기가 끊겼다. 세아는 지석의 말 앞부분만 듣고 계속 우진의 뒷모습만 응시하고 있었다.

세아가 소희를 보고 인사했다. 하지만 소희는 고개만 까딱하더니 제이의 팔을 붙잡고 예진이 연주하고 있는 곳으로 갔다. 그런데 저 앞에 보이는 정혜의 뒤 모습을 보고 다시 소희가 멈춰 섰다. 머리가 다시 지끈거렸다. 자꾸만 그녀의 어머니가 이층에서 떨어졌을 때의 모습이 떠올랐다. 어머니가 2층에서 떨어지고 나서 골목 안으로 도망가던 한 여자의 뒷모습이 자꾸만 정혜의 뒷모습과 겹쳐졌다.

소희는 아버지가 그때 누구와 있었는지 알아내고 싶어서 오랫동안 학교만 끝나면 아버지 뒤를 따라다녔지만 그녀의 행방은 알 수 없어 찾을 길이 없었다. 소희는 그 동안 몸과 정신이 많이 약해졌다. 몇 년 만에 다시 떠오른 그때의 기억은 자꾸만 소희를 괴롭히기 시작했다.

소희가 이토록 괴로워하는 데는 이유가 하나 더 있었다. 희미하게만 기억나는 모습 때문이었다. 그녀의 어머니가 2층에서 떨어질 때 누군가가 어머니의 뒤에 있었던 것만 같은 기억이 계속 맴돌았기 때문이다.

시간이 좀 더 흐르자, 눈에 띄는 두 사람이 두리번 대며 안으로 들어왔다. 로렌과 그녀의 딸이었다.

로렌은 지석을 찾기 위해 이곳저곳을 헤메다 우진을 먼저 보게 됐다. 그리고 그 옆에 있는 세아와 눈이 마주쳤다. 시선을 돌리니 지석은 예진의 친구들이 연주를 잠깐 쉬고 있는 틈에 껴서 웃으며 대화하고 있었다.

로렌은 자신의 딸을 지석에게 가서 아빠라고 부르라고 시켰다. 지석은 자신에게 아빠라고 부르며 안기는 로렌의 딸을 보고 당황했고, 주변 사람들은 모두 지석과 로렌의 딸에게 시선을 고정했다. 지석은 이 아이는 친구 딸인데 얘 아빠가 자기랑 닮아서 이렇게 계속 아빠라고 부른다고 괜히 둘러대더니 로렌에게 갔다. 악기가 신기했는지 유리가 악기 옆에서 떠나지 않자, 예진이 챙겨줬다.

로렌이 웃으며 지석에게 인사했다.

"안녕하세요. 손 다친 거는 좀 어때요?"

"아…. 다시 병원 가보려고요. 심하게 다친 건 아니니까 걱정하지 마세요. 오늘 굉장히 아름답게 하고 오셨네요."

그 순간 파티가 시작됐다. 연주가 다시 시작됐고, 로렌의 딸은 연주하는 예진을 대신해 제이가 데리고 있었다. 머리가 아픈 소희는 혜언의 집 거실에 가서 소파에 누워 쉬고 있었다.

혜언이 마이크를 잡고 다들 와주셔서 감사하다며 인사를 했다.

어수선한 틈에 로렌과 세아가 눈이 마주쳤다. 세아의 눈빛이 흔들렸지만 로렌은 오히려 당당한 표정이었다.

로렌은 지석의 손을 잡더니 사람들 눈에 안 띄는 곳에서 잠깐 얘기 좀 하자며 지석을 데리고 어딘가로 사라졌다. 마치 세아에게 보라고 하는 듯이.

우진도 그 모습을 보고 말았다. 세아는 잠시 망설였지만 따라가지 않았다. 우진은 세아가 이미 이혼을 결심한 것을 알고 있었지만 그래도 마음이 안 좋을 걸 알고 세아의 표정을 확인했다.

"운전해서 온 거예요? 힘들 텐데. 요즘 마음도 많이 안 좋다고 했잖아요. 별장에서 좀 쉬고 있으면 제가 다시 갈 텐데…."

로렌은 전 남편이 바람을 피워서 이혼하고 한국으로 오게 된 거지만, 지석에게는 남편이 매일 술 마시고 자신을 때리는 것이 무서워서 한국으로 도망와 혼자 딸을 키우고 있다고 하였다. 두 이유가 모두 남편이 잘못한 거라서 거짓말을 굳이 안 해도 될 것 같았지만 지석에게는 그렇게 둘러댔다. 그 이유로 지석은 로렌에게 아버지 별장에서 쉬라고 하며 데리고 갔었고 그 곳에서 한 달이 넘도록 셋이 같이 지내고 있었다. 어머니가 돌아가셔서 세아가 힘들어 하며 지내는 동안 말이다. 그 동안 로렌의 딸은 지석과 친해져서 아빠라고 부르게 됐다.

로렌은 괜히 자신을 위로해주는 지석을 보고 눈물을 억지로 짜내며 지석의 품에 안겼다. 지석은 걱정하지 말라며 로렌의 등을 토닥여주었다.

세아는 우진과 함께 있으며 이성을 찾으려고 노력했지만, 여기까지 보란 듯이 당당하게 나타난 그녀와 함께 사라진 그를 생각하면 두통과 화가 동시에 몰려왔다. 자신이 얼마나 그동안 투명 인간처럼 취급을 받았는지 똑똑히 알게 되었다. 더 이상 가만히 있는 것만이 옳은 일은 아니라고 생각되자, 세아는 지석과 로렌을 찾기 위해 두리번거리며 돌아다녔다. 혹시나 사람들이 없는 집 안으로 들어갔을까 해서 문을 열었는데, 안쪽 소파에서 소희가 누워있는 듯한 모습이 보였다. (소희의 발만 살짝 보였지만 세아는 소희의 옷과 신발을 기억하고 있었다.) 그리고 그 뒤쪽에는 소희의 아버지와 한 여자가 대화하고 있었다. 두 사람이 소희의 뒤쪽에서 대화하는 목소리가 희미하게 들렸지만, 그래도 세아의 귀에는 정확히 들렸다.

"오빠, 사람들 가고 나면 다시 봐요. 지금 여기에 사람 많아."

"오늘 너무 예쁘다. 잠깐만 기다려봐. 조금만 더 안아보자."

"아이 오빠, 나 오늘 주인공이잖아요. 내가 자리 비우면 사람들이 찾을 테니까 먼저 나가볼게요. 천천히 나오세요."

그 순간 소희의 모습이 사라졌다. 몸을 웅크린 것 같았다.

세아는 문 쪽으로 걸어오는 발자국 소리가 들려서 문 뒤에 숨어버렸다. 다행히 세아가 그곳에 있었다는 걸 아무도 눈치채지 못했다. 세아는 걸어 나오려고 했지만 다리에 힘이 풀려 꼼짝할 수 없었다. 우진이 세아에게 다가와 그녀를 부축해줬다. 세아는 한동안 머릿속이 어지럽고 혼란스러웠다. 우진은 세아가 걱정돼서 말했다.

"집에 가셔서 쉬어야 할 것 같아요. 그만 가요."

좀 전에 들었던 것이 정말 사실일까. 이런 문제로 소희의 얼굴이 늘 어두웠던 것이었을까. 소희는 어떻게 됐을까 걱정이 되었지만 다시 들어 갈 수 없었다.

세아가 우진과 함께 밖으로 걸어 나오는데, 지석과 로렌이 벽 모퉁이 뒤에서 대화를 나누는 모습이 보였다. 세아는 천천히 둘이 무슨 대화를 하는지 천천히 다가가며 지켜봤다.

로렌은 지석에게 안겨 있더니 세아가 오는 모습을 보고 갑자기 지석의 품에 안긴 채로 그의 눈을 바라봤다. 마치 입이라도 맞춰 달라는 듯이. 지석은 그대로 로렌의 허리를 감싸고 그녀의 입술에 입을 맞췄다. 로렌은 살짝 눈을 떠 세아를 한번 보더니 다시 눈을 감았다. 지석은 로렌의 입술에 더 진하게 키스했다.

세아는 두 손으로 얼굴을 감싸더니 그대로 주저앉아버렸다. 우진도 두 사람의 모습을 봤고, 세아를 부축해서 옆에 세우고 똑바로 제대로 들리게 말했다.

"지금 저 사람들이 세아 씨 마음을 혼란스럽게 한다고 해도 최고의 복수는 나 자신이 먼저 강해지는 거예요. 약해지는 모습 보이지 말아요."

세아의 눈에 눈물이 가득 고이더니 눈을 감자 눈물이 줄줄 흘러내렸다. 우진이 앞에 있을 때면 자신의 모든 슬픔을 고백해버리고 보여주게 되니 이런 자신도 비참했다. 그러면서 생각했다. 나의 모든 아픔과 상처를 알아버린 이 남자도 이제 곧 나를 떠나겠지.

29

사고의 현장

세아의 모습이 보이지 않자, 로렌은 지석의 입술에서 자신의 입술을 천천히 뗐다. 어쩐지 그녀의 얼굴에 깊은 어둠이 짙게 깔리는 것 같았다.

로렌은 전 남편이 자신에게 한 짓을 다른 사람에게 똑같이 함으로써 전 남편에게 받았던 상처를 치유받을수 있을거라고 생각했었지만, 그것은 분명 대단한 착각이었다는 것을 지금에야 깨달았다. 자신이 지금 세아에게 한 짓을 기억 속에서 영원히 지워버리고 싶었다. 너무나도 수치스럽다는 분노와 충격이 그녀의 머릿속을 짓눌렀다. 그리고 그녀 앞에 있는 이 남자 또한 용서되지 않았다. 그의 모습에서 전 남편의 모습이 겹쳐졌다. 자신에게 깊은 상처를 줬던 전 남편과 여자의 모습 사이에 슬퍼하고 있는 세아의 모습과 자신의 살기어린 표정이 함께 박혀있는 사진이 눈 앞에 보이는 것 같아 순간 소리를 질렀다.

그대로 로렌은 그 자리에서 나와 딸을 찾았다. 딸을 데리고 그 자리를 벗어나려고 하는데 지석이 그녀의 손을 붙잡았다. 이대로 가면 어떻게 하냐며 조금만 기다려 달라고 했다. 같이 강원도로 가자고. 애원하듯 로렌을 붙잡았다.

로렌은 몸속이 불덩이로 가득 찬 것 같았다. 뒤돌아서서 보이는 아무에게나 딸을 맡겼다. 곧 돌아오겠다며 간절히 부탁했고, 지석을 자신의 차에 태웠다.

로렌은 먼저 차에 타고 벨트를 꽉 맨 뒤, 지석이 벨트를 채우기도 전에 앞만 보고 전속력을 다해 달렸다. 지석이 놀라서 벨트도 매지 못한 채 차창 위에 달린 손잡이를 한 손으로 잡고 다른 한 손도 잡으려고 하는데 로렌이 옆으로 운전대를 확 꺾으며 브레이크를 밟았다.

끼-----익

쿵

경찰차와 응급차 소리가 들렸다.

로렌은 고개를 들 수가 없었다. 에어백 위에 올려있는 얼굴을 들 수가 없었다. 옆에 있는 지석은 벨트도 매지 않았는데 어떻게 됐을지 모르겠다. 로렌은 희미한 목소리로 딸 이름만 반복해서 불렀다. 미안하다는 말과 함께.

들것에 실려 가는데 몸에 아무 느낌이 없었다. 사람들은 온통 수군거리는 소리로 입을 쉬지 않는 듯 했고, 차는 오른쪽이 많이 찌그러져 있었다.

지석은 병원에 누워있었다. 갈비뼈가 부러져서 붙을 때까지 제대로 움직이지 못했고, 다행히 오른쪽 다리와 팔에 부상이 있긴 하지만 시간이 지나면 나아질 거라고 했다.

소희가 일주일간 지석의 간호를 담당했었지만, 사고의 이유를 듣고 지석의 다친 다리를 팍 한번 때리더니 지석에게 욕을 퍼붓고 나가버렸다. 지석은 소희에게 로렌에 관해 설명하면서 자기가 로렌에게 당한 거라고 자신이 너무 불쌍하지 않냐고 물었던 것이다. 가족들 중에는 아무도 지석의 간호를 도와줄 사람이 없었다. 결국 아버지의 부탁으로 혜언이 와서 지석의 병간호를 도와줬다.

사고 당일, 운전대를 꽉 붙잡고 있던 로렌은 차가 오른 편으로 만 부딪혔기 때문에 그녀의 몸에 외상은 없었지만, 온몸이 결려 물리치료를 받으며 지냈다.

로렌은 지석이 있는 병실에 찾아갔다. 그녀의 얼굴은 화장기 없는 거의 맨얼굴이었고, 마음고생이 심했는지 얼굴 살이 많이 빠져 핼쑥해 보였다. 어떻게 아내를 놔두고 나와 내 딸과 함께 한 달이 넘도록 같이 있었냐며 나도 잘못이지만 당신도 분명히 잘못을 뉘우쳐야 할 것이라고 낮지만 힘 있는 목소리로 지석에게 말했다. 그리고 자신의 전 남편에 대해서도 지석에게 다 털어놨다. 지석과 많이 닮은 사람이었다고 했다. 처음 지석과 카페에 있을 때 지석의 행동과 여자를 꼬시는 말솜씨까지 모든 게 전 남편과 많이 닮았다고 했다. 전 남편을 그리워 하던 중 그와의 연애 시절이 생각이 나서 지석을 만난 거라고 솔직하게 말했다. 그 이후, 로렌은 딸과 함께 레스토랑과 집을 다 처분하고 남해에 있는 친언니 집 근처로 이사를 갔다고 한다.

소희는 자신의 아버지와 바람 피운 여자가 자신이 그토록 좋아하고 따랐던 혜언이었다는 사실에 기겁해서 생일파티 내내 집 안에서 못 나오고 소파 뒤에 웅크리고 앉아서 나오지 못했다. 혜언의 딸이자 소희의 친구인 제이는 파티 내내 소희를 찾았지만 찾지 못했다. 파티가 끝나고 사람들이 정리하는 중에 소희는 조용히 혜언의 집에서 나왔고, 그날 아무도 그녀의 모습을 보지 못했다.

소희는 지석의 사고 소식에 병간호를 위해 병원으로 왔지만, 병원에 있던 일주일 동안 아무 말도 하지 않고 창 밖만 보고 멍하니 있었다.

소희가 병실을 지키고 있는데 혜언과 제이가 병문안을 온 적이 있다. 두 사람을 반기는 지석과는 반대로 소희는 굳은 얼굴을 하고 밖으로 나가버렸다. 이 배신감에서 나오는 슬픔을 어떻게 감당해야 할지 몰라, 그녀는 병원건물 옆에 있는 작은 슈퍼로 가서 오래 전에 끊었던 담배를 샀다. 담배를 입에 물고 라이터로 불을 붙였다. 숨을 깊게 몰아 마시고 연기를 후하고 뱉는데 혜언과 눈이 마주쳤다. 아는 척을 하지 못했다. 담배에서 나오는 연기만 하늘 위로 훨훨 날려보냈다. 혜언도 왠지 그날은 그녀에게 다가오지 않았다.

소희는 매일 매일을 슬퍼하며 지냈다. 잘 먹지도 못해서 얼굴은 하루하루 더 핼쑥해져 갔다. 집에서 한 발자국도 나가지 않고 있었고, 아무에게도 연락하지 않았다. 가끔 제이가 와서 소희에게 괜찮은지만 물어보고 갔을 뿐이다.

그러던 어느 날, 소희는 자신도 알아버린 이 사실에 대해 화라도 내기 위해 아버지집으로 찾아갔다. 그리고 다 털어놓았다. 사실 어머니가 돌아가시던 자리에 나도 있었고, 밖으로 나와서 집 앞에서 다 지켜보았다고. 얼마 전 파티 날 이모랑 아버지가 대화하던 것까지 다 들었다고. 어떻게 혜언 이모랑 그럴 수가 있냐고. 소리치고 울고 소리치고 울기를 반복했다. 아버지는 너무 놀라서 쓰러질 듯 바닥에 주저앉았고, 거듭 미안하다고 했다. 얼마 지나지 않아 혜언이 들어왔다. 아버지는 놀라서 혜언을 쳐다보며 "혜언아…."라고 울먹이듯 말했다. 소희가 날카로운 목소리로 말했다.

"제가 불렀어요. 이모가 어떻게 그럴 수가…. 그럴 수가 있어요. 이모? 이젠 이모도 아니에요. 저 그날. 엄마 돌아가신 날 집 바로 앞에 있었어요. 아니. 처음부터 말하자면 이모랑 아빠랑 집 안에서 둘이 대화하고 끌어안고 있었을 때부터 저 집에 들어와 있었어요. 너무 놀라서 그대로 밖으로 나갔는데 어디로 가야 할 지도 몰라서 멀리 나가지도 못하고 집 앞에 있는데, 엄마가 들어가는 걸 봤어요. 안에서 큰 소리가 들리더니 엄마가 계단을 내려오려다 떨어지는 걸 봤어요. 엄마 뒤에서 밀었던 거 이모 맞죠?"

소희는 그 장면이 떠올랐는지 혜언의 옷깃을 아무렇게나 잡고 소리를 질러버렸다. 혜언도 놀라서 바닥에 주저앉아 정신이 반쯤 나가 있었다. 그리고 그날을 생각하더니 말했다.

"내가 너 엄마를 밀었다고? 나는 그날 제일 늦게 나왔어. 너 엄마 들어오고 셋 다 놀래서 내가 너 엄마 잡으려고 나가려는데 너 아버지가 말려서 너 엄마 혼자 나갔고, 그 뒤로 너 아버지가 나가고 너 엄마는 어떻게 됐는지 모르는 상태로 내가 마지막에 나갔어…. 정말이야…. 너 엄마 그렇게 됐다는 거 나는 나중에 알았어."

아버지는 아무 말이 없었다. 소희는몇 번을 다시 생각해봐도 분명히 엄마가 계단 위에서 걸어내려 오는데 누군가가 뒤에서 민 것 같았고 어머니 뒤에 누군가가 살짝 보였었다.

"당신들이 엄마 죽인 거야. 알아? 어떻게 그 뒤로 아무렇지 않게 살아가고 있어? 어? 이모는 내가 엄마 돌아가시고 안쓰럽다고 하며 나 잘 챙겨준 게 그때 그날 때문이었구나? 나는 그것도 모르고 고맙다고 좋다고 이모 따라다니고. 참나. 아무것도 모르고 이러는 나를 보면서 둘이 얼마나 웃었을까? 둘이서 그렇게 속이고 있는다고 다 가려질 것 같아? 바람은 그냥 지나가면서도 조금의 흔적이라도 남겨. 심지어 가만히 피어있는 꽃도 스치며 흔들어 놓고 가. 그 바람이 심하고 더 심해지면 그 꽃을 품고 있던 꽃병도 떨어트려 깨트리기도 해. 당신들 앞으로 평생 이날을 기억하면서 죄책감만 느끼며 살아. 절대 어디 가서 조금이라도 웃으며 살지 마."

소희는 옆에 보이는 가족사진을 바닥으로 던져버리고 밖으로 나갔다. 사진을 덮고있던 액자 유리가 깨지며 유리 파편이 여기저기 흩어졌다. 그 사진은 혜언의 가족과 소희의 가족이 같이 찍은 사진이었다. 소희의 어머니가 가운데 있었고 그 옆에 소희의 아버지. 그리고 그 옆에는 혜언. 혜언 뒤로는 혜언의 남편. 그 옆에는 지석. 그 옆에는 소희. 그리고 그 옆에는 제이가 있었다.

왠지 제이의 얼굴 위를 덮고 있는 유리가 특히나 더 조각조각 깨져 흩어지지 않고 붙어있었다.

혜언의 생일파티가 열리던 날, 세아는 지석과 로렌의 키스하는 장면을 목격하고 정신을 차릴 수 없는 울분으로 가득했다. 우진은 금방이라도 울 것 같고 안절부절못하지만 내색하지 않으려고 애쓰는 세아를 차에 태우고 목적지 없이 달렸다. 그녀는 아무 말이 없었고 가슴 한구석에 차지하고 있던 응어리가 한껏 부풀어 올라 가슴속을 꽉 채우고 있는 것처럼 답답했다. 그냥 이것이 터져버렸으면 싶었다. 차창을 열고 자신에게 불어오는 바람이 얼마나 차가운지 알아차리지도 못하고 뺨에 뜨겁게 흘러내리는 눈물만 닦았다. 그녀는 지석과 언제부터 이렇게 엇갈렸던 건지 그와 처음 만났던 순간부터의 모든 기억을 더듬어봤다. 처음 데이트하던 날, 그녀의 손을 처음으로 잡고 수줍어서 발그레해져 있던 그의 모습, 한강 변 근사한 레스토랑에서 프러포즈한다고 하더니 긴장해서 실수하던 그의 모습, 결혼식 전날 떨린다며 밤늦게까지 전화를 끊지 않고 있던 우리의 모습, 신혼 시절 같이 여행 다니던 날들, 그리고 유라의 첫 태아 사진을 보며 신기해하던 날. 딱 거기까지였다. 그 이후로 행복했던 우리의 모습은 없었다.

그래도 우리 사이에 이렇게 행복했던 날도 있었구나, 그랬었지…. 그 시절로 다시 돌아갈 수만 있다면 우리 사이를 고쳐볼 수 있지 않을까. 이런 생각이 나 자신만 더욱 비참하게 만든다는 걸 이제는 안다. 어머니가 이제는 내가 행복해야 할 시간이라고 하셨던 말을 떠올리며 이제는 내가, 나 자신이 행복해지는 길을 택해야겠다고 생각했다. 어머니가 무뚝뚝하고 가부장적인 아버지에게 힘들어했던 그 날들을, 아버지와 늘 같이 있었지만 외로워했던 그녀의 쓸쓸한 날들을 내가 그녀 대신해서 보상해줘야겠다. 아버지가 돌아가시고도 갇혀 있던 어머니의 마음을 내가 풀어야겠다. 잔병치레 없이 아흔 셋까지 사셨던 나의 친할머니. 돌아가신 아버지를 대신해 어머니에게 무섭고 날이 선 말만 하시던 할머니의 말이 다 정답이라고 착각했던 나의 어린 날들. 하지만 나는 이제 더이상 할머니 말이 맞다고 여기던 어린아이가 아니었다. 나도 모르는 사이 나의 인생이 어머니의 삶을 닮아가고 있었다는 것을 이제야 알았다. 입을 다문 채 참고만 있는다고 해결되는 것이 아니라 침묵할수록 세상은 나를 바보로 만들고 있었다.

비록 짧은 시간이었지만, 양초에 타고 있는 불처럼 뜨거운 사랑을 했던 우리, 이제는 내가 그 불을 끌 차례다.

30

프렌치 어니언 스프

아침이 되어 세아가 침대에서 눈을 떴지만 몸을 일으키지 못하고 창밖만 멍하니 보고 있었다. 침대 옆 협탁 서랍 안에 있는 핸드폰을 꺼내 그녀는 세진에게 전화했다. 다음 달에 유라를 데리고 오겠다는 통화를 하고 침대에서 일어나려고 하는데 우진에게서 문자 한 통이 와있었다. 요즘 위가 쓰리다는 그녀를 걱정해서 잠시 집에 들러 뭘 주고 가겠다고 했다. 세아는 집이 몇 호인지 그에게 알려줬다. 15분 정도가 지나자, 그녀의 집에 초인종이 울렸다. 천천히 슬리퍼를 끌고 거실로 나가 인터폰에 떠 있는 얼굴을 보고 잠시 머뭇거렸다. 이렇게 금방 올지 몰랐기에 당황했지만 바로 문을 열어줬다. 그는 가벼운 검은색 점퍼를 걸치고 안에는 말끔한 흰색셔츠 위에 베이지색 니트를 입고 있었다.

우진이 장을 봐왔는지 양손에 한가득 먹을 것이 들려 있었다. 세아는 맨얼굴이 부끄러웠는지 얼굴을 가렸다.

"괜찮아요. 예뻐요."

"저 세수만이라도 하고 올게요. 들어오세요."

세아는 세수를 하고 거울을 봤는데 전날 잠도 잘 못 잤고 울기도 많이 울어서 얼굴이 많이 부어있었다. 그녀는 간단히 썬 크림과 연한 립밤을 발랐다. 부끄러웠는지 머리를 한번 쓸어 넘기고는 우진에게 갔다.

"몸은 좀 어때요? 괜찮아요?"

세아는 고개만 끄덕였다.

"밤새 걱정돼서 잠도 설쳤어요. 제가 죽이라도 해줄게요. 여기 편하게 앉아있어요."

세아는 괜찮다며 같이 주방으로 갔지만 우진은 세아를 소파에 다시 앉게 하고 요리를 했다.

"다 됐어요. 양파 수프인데 프랑스에서 가정식으로 많이 먹는 메뉴예요. 입맛에 맞을지는 모르겠어요."

우진의 핸드폰이 울렸다. 전화를 마치고 우진이 말했다.

"저는 지금 바로 나가봐야 해서요. 좀 쉬다가 속이 좀 나아지면 전에 오셨던 책방에 한번 들르세요. 저는 거기에 있을 거예요."

세아는 고개를 끄덕였다.

그가 나가고 그녀는 식탁으로 발걸음을 옮기는 것 같더니 베란다로 나가서 우진의 나가는 모습을 지켜봤다. 저렇게 따뜻한 남자가 자신에게 이렇게 큰 관심을 준다는 것이 단순히 지쳐있는 자신에 대한 배려나 동정일지 아니면 정말 사랑일지 혼자 생각해봤다. 그리고 뒤를 돌아 집을 살펴보았다. 혼자 살고 보니 복층인 이 집이 텅 비어 너무 넓게만 느껴졌다. 유라가 배고프다며 자신을 찾던 모습과 자기가 찾는 양말이 어디에 있는지 아냐고 물어봤던 지석의 모습, 이런 평범했던 일상의 장면들이 머릿속에 스쳐 눈에 아른거렸다.

이렇게 집에만 있으면 혼자 슬픔 속에 더 깊게 빠져버릴 것 같았다. 좀 전에 우진이 와서 주방에서 요리하던 모습과 자신이 수프를 먹을 때 지켜보던 그의 얼굴을 떠올렸다. 언제나 남을 먼저 생각했던 지석과 달리 자신을 생각해주는 그가 눈에 아른거렸다. 창문을 살짝 열고 불어오는 바람을 맞았는데 너무 부드러웠다. 바람결이 너무 부드러워 가만히 서서 바람의 향기를 들이마셨다. 한참을 그렇게 서있더니 세아는 욕조에 따뜻한 물을 받아 몸을 담그고 노곤해지는 기운을 느꼈다. 옷도 유라 낳기 전에 희수가 프랑스에서 샀다고 하며 선물로 줬던 연한 베이지색 원피스를 꺼내 입었다. 그 위에는 춥지않게 코트를 걸치고 밖으로 나갔다.

프랑스 책방 서울 1호점

세아가 안으로 들어가니 우진은 보이지 않았고 책방 주인이 서가를 정리하고 있었다.

"어서 오세요."

"안녕하세요."

세아는 인사를 하고 한층 아래로 내려갔다. 남녀가 커플인지 두 명이 나란히 앉아 책을 읽고 있었다. 그 뒤에는 중학생인지 고등학생인지 교복을 입고 있는 학생도 있었다.

세아는 천천히 책을 둘러보다 한 권을 꺼내 테이블에 앉아 책을 읽었다.

얼마나 지났을까, 커플과 학생은 보이지 않았고 세아 혼자 책을 읽고 있는데 누군가가 그녀의 앞에 섰다.

"세아 씨, 언제 왔어요? 저는 계속 위에 있었는데 오신 걸 몰랐네요."

"두 시쯤 왔어요."

"점심은 먹었어요?"

"네, 집에서 먹고 왔어요."

"그럼 저도 옆에서 책 같이 읽어도 되죠?"

삼십 분 정도 둘이 나란히 앉아서 책을 읽는데 세아의 뱃속에서 조용하게 꼬르륵 소리가 들렸다. 아침에는 수프만 먹고 점심은 대충 빵만 먹고 나왔는데 이제 네 시가 다 되어가니 그럴 만도 했다. 둘은 서로를 보고 보고 웃어버렸다. 우진이 물었다.

"옆에서 간단하게 뭐라도 먹을까요?"

세아가 고개를 끄덕이며 부끄러운 표정으로 "네."라고 했다.

식당 앞에 왔는데 사람들이 일곱 명 정도가 줄 서서 기다리고 있었다. 기다릴까 하다 우진이 말했다.

"제가 책도 읽으면서 맛있는 것도 먹을 수 있는 곳을 알아요. 거기로 갈래요?"

"어딘 데요?"

우진이 핸드폰으로 뭔가를 검색하더니 웃으면서 세아 손을 잡고 차로 달려갔다.

"가면 알 거예요. 세아 씨 마음이 훨훨 날 수 있는 장소가 있어요."

31

하늘을 날다

기차 시간에 쫓기느라, 기차역 근처에 차를 주차하고 우진은 세아의 손을 잡고 달려갔다. 두 사람은 간신히 기차에 타서 숨을 헐떡였다.

기차에 자리잡고 앉아서 세아가 두 사람이 잡고 있던 손을 보고는 수줍게 손을 뺐다. 우진은 부끄러워하는 세아를 보며 그저 미소만 지었다. 이렇게 예쁜 얼굴 오래 보고 싶다고 생각했다.

우진은 책방에서 두 사람이 같이 읽던 책을 그의 백팩에서 꺼냈다.

"여기 있어요. 여기에서 책도 읽고 맛있는 것도 먹어요."

"저 기차여행 좋아해요. 이렇게 창밖에도 구경하고, 여행하는 사람들도 구경하고, 책도 읽고, 맛있는 간식거리도 먹을 수 있고요. 그래서 가끔씩 딸이랑 둘이 기차여행 다니고 했었어요. "

세아는 요즘 들어 가장 환하게 웃었다. 어머니 돌아가시기 전후로 몇 달은 삶을 포기한 사람처럼 다 죽어가는 사람의 모습이더니 다시 활기가 돌았다.

얼마나 지났을까, 책을 읽고 있던 세아가 피곤했는지 책을 손에 쥔 채로 잠들어 버렸다. 우진은 세아를 자신의 어깨에 기대게 해줬다. 조용히 숨소리를 내며 잠들어있는 그녀를 오랫동안 보고 싶었다.

단양 역.

밤이 되었다. 기차에서 내리니 부드러운 바람결이 두 사람을 스쳤고, 세아의 머릿결이 아름답게 찰랑거렸다.

기차가 떠나려고 하자, 세아 뒤에서 어떤 남자가 기차에 타려고 뛰어오다가 세아와 부딪힐 뻔했다. 우진은 세아를 잡고 자신의 품으로 당겨 안았다. 그의 품 안에서는 시원하면서 고

급스러운 향수의 향이, 그녀의 찰랑이는 머리결에서는 프리지어 향의 은은한 샴푸 향기가 흘러 서로의 코 끝에 닿았다. 두 사람은 이때 맡은 향을 오랫동안 기억 속에 남기게 됐다.

세아는 아무 생각 없이 어디로 가는지도 모르고 따라왔는데 생각해 보니 너무 멀리까지 왔나 생각되자 걱정되기 시작했다. 우진은 그런 세아의 모습을 봤는지 말을 꺼냈다.

"여기 제가 아는 형이 살거든요. 형수님도 좋은 분이세요. 이 형도 프랑스에서 있다가 유학온 형수님 만나서 결혼하고 어쩌다 보니 한국에 들어와서 살고 있어요. 가끔 프랑스에 오기도 하고요. 아기는 낳지 않고 둘이 여행하며 살겠다고 하더라고요. 그림 그리는 사람이라, 형은 그림 그려서 전시하고 형수님은 큐레이터예요. 두 사람이 잘 만났어요. 세아 씨도 두 분 만나면 편할 거예요. 아, 세아 씨 동생분도 그림 그리신다고 하지 않았어요?"

"네, 맞아요. 취미로만 하더니 언젠가 갑자기 공부하던 거 그만두고 그림만 그리겠다고 해서 엄마 걱정시키더니 지금은 그걸로 잘살고 있어요. 다 자기 재능은 따로 있나 봐요. 이래서 남의 꿈은 다른 사람이 뭐라 하면 안 되는 것 같아요. 희수가 그랬어요. 남의 꿈에 대해 함부로 말하는 사람이 제일 나쁘다고."

우진이 집에 도착하자, 형과 형수가 앞으로 나와서 세아에게 반갑다고 인사했다.

집은 이층으로 된 회색 건물인데 겉에서 보기엔 집이라기보다 갤러리라고 불러야 어울릴만한 공간이었다. 집은 펜스로 둘러져 있었고, 펜스 안으로 들어가니 깻잎과 상추 그리고 다른 식물들이 앞 마당에서 노란 꽃들과 함께 자라고 있었다. 일층에 들어가니 신발 벗어 놓는 곳 바로 옆쪽에 작은 게스트룸이 있었고, 긴 거실 왼쪽의 주방을 지나 들어가면 화장실이 안에 같이 있는 큰 방이 있었다. 이층은 작품들이 여기저기 놓여있는 넓은 작업실이 있었다.

그가 나를 이곳에 데려온 이유는 무엇이었을까? 내 앞에 있는 이 사람들에게는 오늘이 그리 특별한 날이 아닐 테지만 나에게는 그 어느 때보다 특별한 날이 되었다. 나를 좋아해 주는 남자와 그의 지인들과 함께 평범한 식사를 하고, 소소한 대화를 나누며 즐겁게 웃는 일. 누군가에게는 너무나도 평범하고 특별하지 않겠지만, 나에게는 내 삶에 정말 필요했던 것이 무엇이었는지 절실히 깨닫게 해주는 그런 날이었다. 저녁 늦게까지 수다가 이어졌고, 세아는 오랜만에 실컷 웃으며 시간을 보냈다. 이렇게 달콤한 시간을 선물해준 우진을 쳐다보며 세아가 속으로 말했다. 너무 고맙다고. 언젠가 끝이 있는 만남이 아니면 좋겠다는 말도 덧붙이며.

다음날 해가 뜨고, 세아와 우진은 산에 올라갔다. 그리고 그곳에서 하늘을 훨훨 날았다. 패러글라이딩을 타고 하늘에서 바라본 세상은 참 넓었고, 이 넓디넓은 세상에 살아가는 사람들은 참 작았다. 이렇게 광대한 곳에서 개미처럼 살고 있는 인생이었지. 작은 것만 보고 그것이 세상 전부라 착각하며 살아온 인생. 이제는 그 작은 곳에서 나와 멀리 훨훨 날아가리라.

옆에서 나를 보고 환하게 웃으며 훨훨 날고 있는 그에게서 반짝이는 빛이 났다. 어젯밤, 어둠 속에 환하게 피어있는 가로등 불빛 아래서 그는 이제 다음 주면 다시 프랑스로 가야 한다고 말했다. 이런 슬픈 이야기를 해주려고 단양까지 왔나 생각하면 마음이 아팠지만, 분명 봄은 오고 있다. 눈물이 주룩 흘러나와 하늘에서 빗방울처럼 떨어졌다.

따뜻해지는 것 같더니 다시 찬 바람이 불었다.

두 사람이 다시 기차에 타자, 안에는 따뜻한 온기가 느껴졌다. 그 온기가 그에게서 온 건지 그녀에게서 온 건지 그리 궁금하지 않았다. 그저 서로의 곁은 늘 따스했다.

어제 늦게 자고 아침 내내 하늘 위를 날아다니느라 고단해진 둘은 기차에 탄 지 얼마 안 되어 금세 곯아떨어졌다. 우진이 중간에 잠에서 깨어 세아의 얼굴을 가만히 바라보더니 자신만이 들을 수 있는 목소리로 속삭였다.

"너무 남한테 잘하려고 애쓰지 마요. 애쓰지 않아도 지금 충분히 빛나요."

우진은 세아의 머릿결을 살며시 쓰다듬었다.

그 말에 세아는 감고 있던 눈을 살며시 떠서 그의 눈을 바라보았다. 우진은 뭐에 끌렸는지 그녀의 입술에 다가가 살며시 입을 맞췄다. 세아가 놀랐는지 부끄러운 건지 어쩔 줄 몰라 하고 있는데 우진은 다시 다가가 그녀의 입술에 키스했다. 꿈일지도 모른다는 생각에 눈을 몇번 깜빡였지만 꿈은 아니었다.

32

우리 꼭 다시 만나요

일주일이란 시간이 세아와 우진에게는 너무나도 짧게 느껴졌다. 우진이 프랑스로 떠나는 날 이른 새벽, 차가운 공기 속에서 두 사람은 프랑스의 센강변을 걷던 날을 추억하며 한강변을 걸었다. 하늘에서는 해가 뜨려고 하는지 산기슭에서 부터 진한 오렌지빛으로 구름이 물들어 가고 있었다.

안개 속에 무겁게 내려앉은 침묵을 깨며 그가 그녀의 두 손을 잡고 입을 열려고 하는데 그녀의 눈에는 이미 눈물이 가득 차올라 있었다.

"그동안 많이 힘들었죠? 힘들 때면 참지 말고 그냥 눈물 흘려도 돼요. 애써 모두에게 잘 하려고 하지 마요. 그렇게 안 해도 많은 사람에게 세아 씨는 그대로도 빛나는 사람이에요. 저는 이렇게 가야 하지만 세아 씨 혼자 아니에요. 주변에서 용기 주는 사람들만 생각해요. 힘들게 하는 사람들은 더 이상 생각하지 말아요. 내가 잘 보이려고 아무리 애써도 그 사람들은 바뀌지 않아요. 지금은 세아 씨만 생각해요. 잘 결정해서 용기 냈던 거 끝까지 용기 내요. 그리고 우리 꼭 다시 만나요."

그녀의 목은 눈물로 잠겨있어 아무말도 하지 못하고 고개만 끄덕였다.

그는 그녀를 따뜻하게 오랫동안 안아주었다. 두 사람의 눈에는 눈물이 가득히 맺혀버렸다. 그리고 그는 프랑스로 떠났다.

그가 떠나고 몇 주 뒤, 세아는 지석이 퇴원했다는 소식을 들었다.

아침부터 마음의 준비를 하더니 그녀는 옷을 단정히 입고 지석이 있는 시댁으로 향했다. 지석은 로렌이 떠나고 입원해 있는 동안 많은 생각이 들었는지 세아에게 여러 번 전화했었다. 문자도 미안하다고 여러 번 남겼었다. 하지만 세아는 그의 전화를 한 통도 받지 않았고 문자에 답장도 하지 않았다. 더 이상 상처받고 싶지 않은 마음에 우진이 떠나고 핸드폰을 꺼놓고 살았고, 딸에게 전화할 때만 잠깐씩 켜 놓았었다.

세아가 집에 도착해 위를 올려다보니 지석이 지내는 방에만 불이 켜져 있었다. 한숨을 크게 들이마시고 조용히 내뱉었다. 세아가 집에 들어가니 지석이 놀라서 세아에게 다가오려고 하다 금이 간 갈비뼈가 아직 다 아물지 않았는지 제대로 움직이지 못했다. 다친 오른쪽 다리와 오른팔도 아직 붕대가 감겨 있어서 왼손으로 간신히 목발을 짚어야 했다.

"세아야! 왜 이렇게 연락이 안 됐던 거야? 계속 기다렸어. 정말 미안해. 난 네가 이렇게 다시 나한테 올 줄 알았어. 고마워. 로렌은 사정이 있었던 거야. 남편이랑 헤어져서 혼자 힘들었대. 그 남자가 엄청 폭력적이었나 봐. 로렌이 마음에 상처가 많았어. 그래서 내가 좀 돌봐줬던 거야."

"그럼 저는요? 그렇게 당신이 다른 여자 상처 쓰다듬어 주고 있을 때 저는요? 저는 아무 감정도 없고 아무 생각도 없나요? 저는 상처 받지 않는다고 생각해요? 저도 그 여자처럼 매일 앓는 소리 하고 그래야…. 그래야 알아줘요? 나 너무 힘들다고 울부짖기나 해야 알아줘요?"

세아는 목이 잠겨서 할말이 많았지만 더 이상 말을 이어가지 못했다. 더 이상 이 사람 앞에서 울고 싶지 않았다. 그에게 하소연 하는 것은 자기 자신만 지치게 한다는 걸 알아버렸다. 그저 자신이 힘들었다는 것을 알리고만 싶었다. 이 남자 귀에 제대로 들어갈진 모르겠지만.

"내가 무릎이라도 꿇고 싶은데 다리가 지금 이래서 미안해. 알잖아. 바람은 그냥 바람이야. 다 지나가. 그냥 그 여자가 그때는 너무 안 돼 보여서 그런 거야. 세아 너 힘들 때 로렌도 힘들었어. 내가 없으면 안 되는 여자였어. 그치만 지금은 그 여자 여기 없어. 다신 안 만나! 그리고 알고 보니 그 여자 완전 또라이였어. 나한테 다 속인 거였어! 생각만하면 내가 아주 열 받아 죽겠어!"

세아는 더 이상 말할 필요가 없다는 걸 알았다. 다른 여자들 만나고 다니면서 앞으로 이렇게 상처 많이 받기를 바라며 이혼서류를 지석의 발 앞에 내려놓았다.

"법원에서 한번은 얼굴 마주쳐야 할 거에요. 이거에 대해 전달해야 할 말 있으면 전화는 하지 말고 당신이 그렇게 좋아하는 문자로만 해요."

소리치며 그녀를 잡으려는 그에게서 뒤 한번 돌아보지도

않고 나가버렸다.

이로써 그와의 어두웠던 기나긴 여정은 바람에 스치며 날아가 버렸다. 훨훨 날아가 다시 돌아오지 말기를.

33

비밀 상자를 열다

세아와 지석이 헤어진 뒤, 얼마 지나지 않아 세아에게 문자 한통이 도착했다. 지석의 아버지가 새벽에 사망하셨다는 문자였다. 평소 호흡기가 약해서 병원에 다녔던 그는 소희가 자신과 혜언의 사이를 알고 난 이후, 병세가 악화되어 병원에서 지내고 있는 중 급성 폐암 판정을 받았고 빠른 속도로 뇌까지 전이되었다고 한다.

아버지가 입원해있는 내내 병원에 모습을 나타내지 않던 소희가 아버지가 얼마 안 남은 것 같다는 소식에 병원으로 찾아갔다. 아버지는 소희의 손을 잡더니 잘 나오지도 않는 쉰 목소리로 속삭였다.

그날 어머니가 계단에서 떨어지고 나서 그가 밖으로 나와 보니 누군가가 문 뒤에 있었다고 했다. 소희가 인상을 찡그리며 그게 누구냐고 묻자, 제이…. 라는 짧은 말과 함께 미안하다고 말하자마자 숨을 거두었다.

제이였다. 소희와 제일 친하게 지냈던 혜언의 딸 제이였다.

그날도 여느 때와 같이 소희는 제이와 함께 학교를 마치고 집으로 가고 있었다. 호빵 파는 곳을 발견한 소희가 호빵을 사고 나오니, 제이는 그녀의 어머니와 만나기로 했다며 다른 방향으로 갔고 소희는 다른 친구를 만나 잠시 시간을 보내고 집으로 다시 향했다. 혜언은 제이에게 소희의 집에 반찬을 두고 가겠다고 집에 먼저 가서 기다리라고 했지만, 제이는 혜언과 만나 집에 같이 갈 생각으로 소희의 집에 말없이 왔던 것이다. 집 문을 열자, 혜언과 소희 아버지의 모습을 보게 됐고 놀라서 문밖으로 나와 계단을 내려가려는 순간 밑에서 소희가 이미 올라오고 있었다. 문 뒤쪽에 몸을 숨기고 있던 제이를 발견하지 못하고 소희도 집에 들어가게 되었고, 그 두 사람의 모습을 보게 되었다. 소희가 도망치듯 밖으로 나간 뒤, 제이도 나오려고 하는데 이번에는 소희의 어머니가 올라와서 다시 몸을 숨겼다. 소희의 어머니는 들어가서 두 사람이 껴안고 있는 모습을 봤고, 화가 치밀어 올라 이 사실을 동네 사람들에게 다 밝히겠다고 했다. 그렇게 소리치며 소희의 어머니가 집에서 나오는데 그 순간 제이는 동네 사람들이 정말 알게 된다면 어떻게 하지, 라는 공포심과 소희의 어머니가 자신의 어머니에게 목청껏 소리지른 것이 분해서 자기도 모르게 소희의 어머니가 뛰쳐나오다 발이 꼬인 틈을 타 뒤에서 확 밀어버렸다. 아무런 생각이 나지 않았다. 소희의 어머니를 죽게 하려고 했던 것도 아니었고, 계단에서 떨어져 다치게 할 생각도 없었다. 자신과 자신 어머니의 미래를 망치게 할 순간을 막고 싶다는 생각뿐이었다. 소희의 어머니가 떨어진 순간 자신도 놀라서 어찌할지 모르고 있는데 소희의 아버지가 문을 열면서 뒤로 숨는다고 숨었지만 소희의 아버지는 제이를 보고 만 것이다. 하지만 아버지는 아는 척을 하지는 않았다. 곧바로 혜언이 뒤도 안 돌아보고 어둠 속으로 도망갔고, 그 모습을 소희가 보게 된 것이다.

소희는 가슴을 계속 쳤다. 두 사람의 바람에 왜 자신이 이렇게 피해를 봐야 하는지 도무지 이해가 가지 않았다. 제이는 왜 자신에게서 멀어지지 않고 오히려 당당하게 친구로 남았는지도 이해가 가지 않았고, 혜언과 함께 어디라도 숨어서 살지 않고 오히려 더 자신의 가족과 친하게 지냈다는 것에 소름이 끼쳐 온몸이 저리는 느낌이었다.

아무것도 모르고 그들을 보고 웃던 내가 얼마나 바보같이 보였을까, 얼마나 불쌍해 보였을까를 생각하니 발끝에서부터 머리끝까지 신경이 팍 서는 기분이었다.

소희는 그 뒤로 제이에게 이 사실을 자신도 알고 있다고, 왜 어머니를 죽였냐고 따지고 소리치고 싶었지만 끝내 말하지 않았다.

세상에는 수많은 사람들이 존재한다. 그런데 그중에 제이같이 남에게 깊은 상처를 준 채 아무렇지 않게 살아가는 사람이 과연 제이 한 명 뿐일까? 남에게 상처 준 일은 돌고 도는 법이니 언젠가는 그 바람이 불고 불어 다시 제이에게 조용히 예고 없이 닿기를.

34

그녀의 꿈

추위와 함께 긴장하던 나날들이 지나가고, 세아는 유라를 만났다. 지석에게서 자신의 아내를 지키기 위해 제주도로 떠난 세진을 보니 어쩐지 자신과 많이 닮았다는 생각이 들었다. 세아는 유라와 함께 살랑살랑 부는 봄바람을 맞아가며 바다를 걷기도 하고, 자전거를 타고 동네를 돌기도 했다. 봄바람이 이렇게 달콤했던가. 세아는 매일 느꼈다. 지난 세월 한 번도 느껴보지 못했던 달콤한 봄바람의 향기를.

세아가 없는 동안 유라는 세진의 딸 윤아 덕분에 쉽게 적응하고 있었고 친구들과 유대관계도 좋았다. 유라는 학교가 끝나면 세진이 운영하는 미술 클래스에서 윤아랑 다른 친구들과 함께 시간을 보냈고, 근처에 있는 피아노 교습소에 가서 세아가 데리러 올 때까지 피아노를 치고 있었다. 피아노집 아들도 유라와 동갑이라 무척 친한 건 아니지만 그래도 둘이 꽤 잘 지내는 편이었다. 유라가 사는 동네 친구들은 성격이 다들 온순했다.

세아와 유라는 따스한 햇살을 받으며 자전거를 타고 있었다. 그러다 밤색 고양이 한 마리가 도로 방향으로 천천히 걸어오는 것을 보고 자전거를 세웠다. 고양이를 전봇대 옆에 두고

주인이 없는 걸까, 하며 고개를 두리번대는데 전봇대에 종이 하나가 붙어있었다. 잡지사에서 단기간 근무할 에이터를 구한다는 내용이었다. 대학생 시절 세아는 부전공으로 신문방송학과에 들어가면서 국내에서는 규모가 꽤 큰 잡지사에서 대학생 인턴 에디터로 잠시 일했던 적이 있었다. 하지만 그 꿈은 지석과 너무 일찍 결혼하고 출산하면서 다시는 이루지 못할 말 그대로 꿈에 불과했다. 지석의 반대로 다시 일하지 못했고, 유라가 학교에 입학하면서 지석에게 말하지 않고 몇 군데 지원한 적이 있었으나 아무런 연락도 받지 못했다. 그런데

왜 에디터 구한다는 걸 이렇게 전봇대에 붙여 놨지, 라는 생각이 들었다. 뭔가 아날로그 감성을 추구하는 곳인가 생각했다.

그렇게 하루가 가고 이틀이 지났다. 세아는 유라를 학교에 데려다주고 근처에 있는 카페에 앉아서 진열돼있는 잡지와 책 한권을 꺼내 들었다. 그 잡지에는 몇 일 전 전봇대에서 봤던 에디터를 구한다는 글이 있었고, 그다음 페이지에는 사랑에 관한 짧은 에세이 공모전을 진행하고 있다고 나와 있었다. 우수작으로 선정되면 웹진에 자신의 글이 실리고, 상금이 300만 원이라고 쓰여있었다.

세아는 뽑히든 안 뽑히든 경험이라고 생각하며 카페 한쪽에 마련돼 있는 컴퓨터로 자리를 옮겨 글을 써 내려갔다. 자신이 지석과 연애했던 경험과 결혼생활 그리고 이혼했던 일들을 바탕으로 이름을 바꿔서 자세하진 않지만 자신의 감정을 위주로 글을 써 내려갔다. 세아는 공모전 마감하는 날 제일 마지막으로 접수했다.

전국적으로 열렸던 꽃축제 기간이 막을 내렸다. 사람들의 옷이 가벼워졌고, 제주도에 뜨거운 여름이 성큼 다가왔다.

하늘하늘 흔들리는 꽃잎과 나뭇잎에 뜨거운 햇살이 비춰

빛을 더해주고 있었다. 바람도 선선하게 불어 덥지 않고 시원했다.

앞면은 통유리창으로, 다른 삼면은 노출 콘크리트로 이루어진 3층 빌딩 앞에 빨강, 분홍, 노랑색의 꽃이 피어있다. 2층 창가를 통해 보이는 책상에는 코카콜라 병 곡선으로 이루어진 꽃병 속 프리지어 꽃도 보인다. 꽃병 옆에는 한 여자가 안경을 쓰고 열심히 타이핑을 하고 있고, 컴퓨터 왼쪽에는 다양한 색의 잡지들이 올려져 있다. 여자의 안경 속에 보이는 눈빛이 지금 무지 집중하고 있다는 걸 보여주는 듯하다. 목이 아팠는지 고개를 위로 한껏 올리고 두 손으로는 허리를 바쳐 허리를 쭉 폈다. 그때 여자 옆으로 누가 잡지 한 권을 가지고 왔다.

“세아 씨, 목 조심해. 30분이나 한 시간 간격으로 일어나서 5분 정도는 좀 걸어. 그래야 나중에 디스크 안 와. 눈도 덜 시리고.”

세아가 쓰고 있던 안경을 벗더니 웃으며 대답했다.

“요즘 오랜만에 하고 싶던 일을 해서 그런지 집중력이 최고예요.”

옆에 서있는 여자가 들고 있던 잡지 한 권을 세아 책상에 내려놓으며 말했다.

“웹진에 나온 건 봤죠? 이번 달에는 여기에도 글 실렸대요. 사진도 아주 단아하게 나왔어요. 한복이라도 입어줘야 할 표정인데요?”

세아가 육지로 다시 돌아갈지 아니면 제주도에 남을지 깊은 고민에 빠졌던 어느 날, 잡지사 공모전에서 세아의 글이 우수상으로 당선되어 웹진에 글이 실릴 거라는 연락을 받았다. 그 이후, 세아의 글이 많은 사람들에게 관심을 받게 되었고, 잡지사에서는 세아가 꾸준히 잡지에 글을 써서 올리는 코너를 따로 만들어 주었다.

다음 달에는 프랑스에서 이룬 사랑에 관한 글을 올릴 예정이다. 그래서 그녀는 프랑스로 잠시 떠난다.

모든 꿈을 이루었다.

지금은 세아와 우진이 처음 만났던 장소, 파리 샤를 드골 공항이다.

공항 밖에 펼쳐진 모든 것들이 뜨거운 여름 햇살에 비춰 화사하게 반짝이고 있다. 사람들의 머릿결, 살랑살랑 흔들리는 나뭇잎, 예쁘게 피어있는 빨간 꽃, 그리고 내 앞에 서있는 이 남자의 미소가 너무나도 눈부시게 반짝여서 눈을 뜨기 힘들다. 그는 나를 보자마자 내게 와 꽉 안아주며 내 이름을 불러줬다.

"세아야."

그리고 그는 주변에 아무도 없는 것처럼 나에게 진하게 키스해줬다. 어느 때보다 달콤하게. 나를 만나러 오기 전 체리맛 사탕을 먹고 왔나보다. 체리 향이 우리의 입안에서 깊게 퍼졌다.

나는 다짐했다. 나의 남은 인생에 결혼이란 다시는 없을 것이라고. 대신, 이 남자와 후회없이 사랑하며 연애를 할 것이라고….

다음날 그가 말했다.

제주도에 프랑스 책방 제주 1호점을 열 계획이라고 했다. 그래서 당분간은 제주도에서 지낼 예정이라고 한다. 그리고 그는 하루에도 몇 번씩 내게 속삭인다.

"사랑해, 한세아…."

프랑스 책방의 비밀 연애

초판 1쇄 2020년 11월 20일

글 김지혜

발행인 겸 편집인 유철상
편집 이정은, 정예슬
본문 디자인 노세희
교정·교열 장시중
마케팅 조종삼, 윤소담

펴낸곳 상상출판
주소 서울특별시 동대문구 왕산로28길 39, 1층(용두동, 상상출판 빌딩)
구입·내용 문의 | 전화 02-963-9891 **팩스** 02-963-9892
이메일 sangsang9892@gmail.com
등록 2009년 9월 22일(제305-2010-02호)
찍은 곳 다라니
종이 ㈜월드페이퍼

ISBN 979-11-90938-92-1(03810)

- 이 도서의 국립중앙도서관 출판예정도서목록(CIP)은 서지정보유통지원시스템 홈페이지(http://seoji.nl.go.kr)와 국가자료공동목록시스템(http://www.nl.go.kr/kolisnet)에서 이용하실 수 있습니다. (CIP제어번호 : CIP2020044100)

www.esangsang.co.kr